団結すれば勝つ、と啄木はいう

石川啄木の生涯と思想

碓田のぼる

影書房

目次

＊本書に引用している石川啄木の短歌、詩、日記、書簡、評論は、『石川啄木全集』（一九七八年〜一九七九年、筑摩書房）を底本とし、日記、書簡、評論については、旧かな遣いを現代かな遣いに改めました。短歌、詩、各作品のタイトルについては、原文通りとしています。また、ルビについては、適宜加除しました。

はじめに

日本が戦争に負けたあと、私のいた鉄道工場にも一九四六年三月に労働組合が結成された。翌一九四七年、戦後労働運動として大規模な二・一ストが組織されたが、直前に占領軍司令部の命令によって中止させられた。私たち青年労働者は、ＭＰ（アメリカ軍憲兵）に追われながら、街の中に抗議のビラをまき、ステッカーを貼ってまわった。

春になって、私は特攻隊帰りの友人と一緒に東京の大井町の鉄道工場に転勤して、都立一中の夜学に通い、東京物理学校（現東京理科大学）の夜学へと進んだ。この学校を卒業すれば、小学校と中学校の教員免許状がもらえたので、私は夜学の教師にでもなって、昼間の高校（旧制）へ通うことを計画していた。しかし、戦後の教育改革でそれも果たせなくなり、私は都内の私立高校の数学の教師になった。職場では教師の自由はなく、低賃金のうえに分割払いといった状態だった。私は若い仲間たちと一緒に組合を結成し、教職員の生活保障と、学園民主化の闘争に立ち上がった。一九五九年の三月だった。

その年、広島での原水爆禁止世界大会に初めて参加した。原爆ドームを見て、太田川の川底にまだ埋もれていた幼児の小さな骨を見つけ、私は反核平和への運動に目を開いた。二・一ストを弾圧したアメリカ占領軍と、原爆を落としたアメリカとが重なった。

私は六〇年安保闘争のとき、「大学・研究所・研究団体集会（略称：大・研・研）」という運動組織の副責任者だった。大学生の樺美智子が警官によって殺された六月十五日、私も加わった数名の抗議団は、衆議院議長に面会を求めて院内に入り、二階の控室で待たされていた。眼下は、樺美智子が殺された南通用門の広場で、学生組織と警官隊との激しい乱闘がまだ続いていた。その夜、私たち抗議団の帰りを南通用門近くの路上で待っていた「大学・研究所・研究団体集会」の隊列は、突如、警官隊の暴力に襲撃された。多くの教授や研究者が重傷を負い、病院に運ばれた。

このとき、私は国家権力とはどのようなものかをまざまざと見た。啄木が「大逆事件」の衝撃の中で見届けた非人間的な国家権力の行使と同質だと思った。啄木への私のこだわりは、いっそう強くなっていった。

＊

石川啄木にかかわって長い歳月が過ぎた。その多くは、先行研究者のあとをたどる程度でしかなかった。私は、私自身の中の啄木像を追うのに、いわば精一杯だった。私が一歩出れば、啄木は二歩も三歩も前に出た。とらえがたい啄木像を追いながら、私はすでに啄木の生涯の三倍以上も生きてきている。少年期にもし、私に啄木との出合いがなかったなら、おそらく私の青春は何の意味も持てなかったに違いない。同じように、近代日本が石川啄木を生まなかったならば、日本人の青春は、おそらくもっと暗く閉ざされたものだったに違いないと感じる。

啄木は、どんなときも立ち止まっていなかった。一カ所にぐるぐる回っているようなときでも。そして、おりあらば前へと進んだ。とくに、生活が苦しいときに、その思想を前進させた。小樽から釧路へわたる窮乏のときにもそうだった。そして、死の直前、飢餓生活と重篤のなかで、「新しき明日」を実現するために連帯の力をつかみとっていたことは、注目すべきことだ。

戦前、治安維持法下で不屈に闘ってきた私の信頼する先輩たちは、「啄木像の歪められる時代は不幸な時代だ」と言い続けていた。啄木はいま、幸せなのだろうか。啄木に関する出版物も多くなり、テレビや演劇などの映像作品も多くはなっていよう。しかし、それは、啄木が幸せになったこととは違うであろう。端的な例をひとつ挙げれば、啄木の「地図の上朝鮮国に黒々と墨をぬりつゝ秋風を聞く」の歌が、いまだ教科書に復権していないことでもわかる。

真実の啄木像を追う仕事は、啄木没後百年を越えた二一世紀の今も、変わらない課題である。

二〇一八年一月

著　者

第1章　小樽の雪の夜
――食を求めて北へ北へ――

（1）「この驚くべき不条理はどこから来るか」

一九〇八（明治四一）年一月四日――。

北海道の小樽は、朝から吹雪いていた。午後になってもやむ気配はなかった。夕方になって啄木は、友人に誘われて、市内の寿亭《ことぶきてい》で開かれた、社会主義演説会に出かけていった。「会する者約百名」と、啄木はこの日の日記に記している。演説会の模様についても、続けて啄木は、次のように記している。

「添田平吉の〝日本の労働階級〟碧川君の〝吾人《われら》の敵〟共に余り要領を得ぬ。西川光二郎君の〝何故に困る者が殖《ふ》ゆる乎〟〝普通選挙論〟の二席、何も新しいことはないが、坑夫のような格好で、古洋服を着て、よく徹る蛮声を張り上げて、断々乎として説くところは流石に気持ちよかった。臨席の警部の顔は赤黒くて、サアベルの尻で火鉢の火をかき起しながら、真面目に傾聴していた。閉会後、直ちに茶話会を開く、残り集る者二十幾名。予は西川君と名告合《なのりあい》をした」

この日の弁士に立った西川光二郎が、『社会新聞』に送った「遊説日誌（十二）」（一月十九日号）は、朝からの吹雪で「セイゼイ二三十名なるべしと思いしに意外にも百五十名の来会者を得たり」と、啄木日記より参加人数が多い。西川光二郎は、札幌農学校の出身で、その関係者も来ていたため、西川の「参加者人数」は多くなっているのかもしれない。いずれにしても、天候のことを思えば予想外の盛況だったことがうかがわれる。

西川光二郎は、この当時、幸徳秋水や堺利彦らの「直接行動派」と対立していた片山潜の「議会政策派」に属していた。この派の機関誌『社会新聞』（週刊）が、前年六月二日に創刊しており、西川は、その新聞の拡張と社会主義の宣伝のために全国各地を遊説してまわっていたのだ。北海道へは前年の一九〇七（明治四〇）年十二月十三日に来て、十二月二九日の札幌での演説会は三百名の盛況であった。

啄木は、この時の演説会にも誘われたが行かなかった。「夜、大槻君来り、西川光次郎《ママ》（光二郎は本名：引用者）等の社会主義者の演説会に誘ふ。行かず」と日記に書いている。

当時の啄木は、十月十五日に創刊された『小樽日報』の記者であったが、人事をめぐる内紛に関与して事務長の小林寅吉に暴力をふるわれた。憤然とした啄木は、十一月二一日の『小樽日報』に退社の弁を掲げた。入社して二カ月あまりのことである。

北海道に渡ってきてからは、函館でも札幌でも啄木は次々と職を変えたが、それは身近にいた友人たちがいつも次の仕事のめどを立ててくれていたからだった。しかし、今度ばかりは次のあてがない。啄木は完全に失業したのである。『小樽日報』社長の白石義郎は、啄木の才を惜しんで、自分がやはり社長をしている『釧路新聞』に起用しようと考えていたが、まだ社長の胸の裡のことで、具体的には話が啄木のところまで届いていない段階なのであった。

十二月二九日の日記で、社会主義演説会の誘いに、ぶっきらぼうに「行かず」と、啄木は書きつけたが、それは『小樽日報』退社の七日目だった。まだ内紛の収まらない時期で、退職したとはいえ、啄木の心も高ぶりを残していた。「行かず」という言葉は、〈今はそれどころではない〉といった気配をありありと伝えている。

「行かず」と書いた次の日の啄木の日記を引く。

「今日は京子が誕生日なり。新鮭を焼きまた煮て一家四人晩餐を共にす。

人の子にして、人の夫にして、また人の親たる予は、ああ、未だ有せざるなり、天が下にこの五尺の身を容るべき家を。劫遠心を安んずべき心の巣を。寒さに凍ゆる雀だに温かき巣をば持ちたるに」

職を失って、まったく収入のめどが立たなくなった啄木一家に、厳寒の北海道の冬が、容赦なく襲ってきた。このころの啄木の日記は、血しぶきを立てているかと思わせるほどだ。その惨憺《さんたん》として悲痛な状況を次のように書き綴っている。

「日報社は未だ予にこの月の給料を支払わざりき。この日終日待てども来らず。夜自ら社を訪えり。俸給日割二十日分十六円六十銭慰労金十円、内前借金十六円を引いて剰《あま》すところ僅かに十円六十銭。帰途ハガキ百十枚を買い煙草を買う。巻煙草は今日より二銭宛《ずつ》高くなれり。刻みもまた値上げとなれり。嚢中剰《のうちゅうあま》すところ僅かに八円余。ああこれだけで年を越せというのかといいて予は哄笑《こうしょう》せり。（略）夜年賀状を書いて深更枕に就《つ》く。衾襟垢《きんきんあか》に染みて異様の冷たさを覚ゆ」（十二月三〇日）

「来らずてもよかるべき大晦日は遂に来れり。多事を極めたる丁未《ていみ》の年はここに尽きんとす。しかも惨憺《さんたん》たる苦心のうちに尽きんとす。ここ北海の浜、雪深く風寒し。何が故にここ迄はさすらい来し。（略）

夜となれり。遂に大晦日の日となれり。妻は唯一筋残れる帯を典じて（質入れして：引用者）一円五十銭を得来れり。母と予の衣二三点をもって三円を借りる。これを少しずつ頒《わか》ちて掛取を帰すなり。さながら犬の子を集めてパンをやるに似たり。

かくて十一時過ぎて漸く債鬼の足を絶つ。遠く夜鷹そばの売声をきく。多事を極めたる明治四十年は「そばえそば」の売声と共に尽きて、明治四十一年は刻一刻に迫り来れり」（大晦日）

「明治四十一年は刻一刻に迫り来れり」――啄木の日記の一節は、仕事もなく、先も見えず、それこそ「債鬼」に追われ続けている生活とのたたかいが、新しい年も引き続いていくかもしれないことを予感しているような、悲痛さと緊張感とが滲み出ている。

啄木一家は窮乏のなかで、明治四一年の正月を小樽の花岡町畑十四番地の借家で迎えた。「職を失うて、屠蘇一合買う余裕も無いというすこぶる正月らしくない有様で迎えようとは」と書きはじめた一月一日の啄木日記は長いものである。前日にくらべて「肩の重荷を下ろしたような」（日記）感じで書かれている点は注目してよいだろう。啄木は元日の小樽の町に出て、正月気分の町の様子を克明にとらえている。自然は少しも「昨日に変わったところはない」にもかかわらず、「世の中は矢張りお正月」なのであった。啄木日記。

「昨日は胡散《うさん》臭い目付きをして、うつ向いて、何ということなしに用事だらけだといった風な急ぎ足、宛然《さながら》葬式にでも行く人のように歩いた奴が、今日は七々子の羽織に仙台平の袴、薩張《さっぱり》苦が無い様な阿呆面をして、何十枚かの名刺を左手に握りながら、門毎にペコペコ頭を下げて廻っている」

これは明らかに啄木の自画像だ。年末から年始にかけてのこの人間の変わり方・考え方を啄木は、「世の中はヘチャマクレの骨頂だ。馬鹿臭いを通り越して馬鹿味がする」と書いている。前日の日記とは変わって、啄木には少し明るさが戻って「ヘチャマクレ」などという、ののしり言葉で楽しむといった風情がある。しかしそう考えるのは、「これ実に自分自身が貧乏人であるからなのだ。俺だとて、生活の苦しみというものがなく、世間並に正月が来れば家内一同へ春着の一枚宛《ずつ》も着せるようなれば、愚痴は愚かなこと、おめでとうを百回いわされてもあえて不平は唱えぬかも知れぬ」と書きながら、問題は、立派に一人前の働きをしながらも、家族全体を養うことさえもできないことである。

この「驚くべき不条理はどこから来るか」。元旦の町を歩いての啄木の考察は、次の言葉でしめくくられている。

「この驚くべき不条理はどこから来るか。いう迄もない社会組織の悪いからだ。悪社会は怎《いか》すればよいか。外に仕方がない。破壊してしまわなければならぬ。破壊だ、破壊だ。破壊の外に何がある」

啄木は、世の不条理は社会組織の悪さにあると認識している。しかし、この社会組織を改革するのに具体的にどうしたらよいか、このときの啄木にはまだわからない。

「破壊の外に」は、何があるのか、と啄木は考えていた。

渋民村（岩手県）での「日本一の代用教員」を自負した時も、函館に暮らしたごくわずかな生活の平穏もくつがえした、八月二五日に起きた函館市の三分の二（一万二千三百九十戸）を焼いた大火の折も、啄木の心に巣くっていたのは、破壊こそが「根本的な革命」（日記・一九〇七＝明治四〇年八月二七日）だということだった。それはひどく観念的なものだった。

人間生活は不条理を抱えながら連続している。それがあるところで、突然の破壊によって断ち切れたならば、同時に人間生活も終わりとなるだろう。これほど矛盾したことはない。観念の世界だけに成り立つこの矛盾を、啄木はまだのりこえられずにいた。


小樽の雪の夜の演説会について、啄木が書き落としていることがある。西川光二郎が前記「遊説日誌」の終わりに書きつけている。「遊説日誌」には、茶話会に集った人は三十余名で、これらの人びとは、「小樽に於ける同志及び準同志にして今後毎月一度位ずつ研究会を開くとの議成立せり」というくだりである。つまり、茶話会に出席していた啄木も、西川光二郎によって「同志及び準同志」に入れられたのだった。啄木日記がこれに一言も触れていないのは、早晩小樽を離れる自分にとっては関係なしと聞き流したのだろう。また啄木は、この日の日記のあとのほうで、「今は社会主義を研究すべき時代は既に過ぎて、それを実現すべき手段方法を研究すべき時代になっている。（中略）今日の会に出た人びとの考えがそこまで達しておらぬのを、自分は遺憾に思うた」といっている。茶話会が「研究会」段階にとどまっていることを不満とした啄木の正当な意見だった。

啄木は、生まれてはじめて社会主義演説会に参加した。そして、生まれてはじめて、社会主義と向かいあった感想を、やはり一月四日の日記に、総括するように書いている。

「要するに社会主義は、予のいわゆる長き解放運動の中の一駒である。最後の大解放に到達する迄の一つの準備運動である。そして最も眼前の急に迫れる緊急問題である。この運動は、前代の種々な解放運動の後を享《う》けて、労働者すなわち最下級の人民を資本家から解放して、本来の自由を与えんとする運動」

「この運動は、単に哀れなる労働者を資本家から解放するというでなく、一切の人間を生活の不条理なる苦痛から解放することを理想とせねばならぬ」

こう記し、このあとに、前述の「……今日の会に出た人びと」が続いて終わる。ここに書かれた啄木の社会主義についての所感は、どこまでが啄木の自前のものかはわからないが、社会主義についてのこのような真剣な記述は、これまでの啄木日記にはもちろん、その他の作品にもまったく見られないものだった。

日露戦争中の啄木は、「岩手日報」に八回にわたって書いた「戦雲余録」で、「今の世には社会主義者などという、非戦論客があって、戦争が罪悪だなどと真面目な顔をして説いている者がいる」（一九〇四＝明治三七年三月四日）と、平民社に拠った反戦平和論者に対して、臆面もなく非難の言葉をなげつけていた。啄木は戦争に熱狂し、そのナショナリズムを横溢させていたのだ。北海道に渡ってからも、たとえば札幌時代の啄木は、「いわゆる社会主義は予の常に冷笑するところ」といい、「社会主義は要するに低き問題なり」（一九〇七＝明治四〇年九月二一日）といっていた。

小樽の雪の夜の啄木日記でもっとも注目すべきは、そこに書かれたあれこれの内容よりも、社会主義への理解度が、マイナス方向からプラス方向へと転じていることだ。それはゆるやかだが、啄木におけるひとつの転換点となるものだった。

何がそのような変化をもたらしたのか。それは、まぎれもなく、この時期の啄木一家の生活の困窮状態にあった。西川光二郎の〝何故に困る者が殖ゆる乎〟に対して、啄木が、「何も新しい事はない」といっているのは、西川の演説内容を貶めているのではなく、その内容の現実感と、現に今、困窮状態におかれていた啄木の生活感が折り重なっていたことを示している。

啄木の『釧路新聞』入りが最終的に決まったのは、一月十三日だった。

「小樽に於ける最後の一夜は、今更に家庭の楽しみを覚えさせる。持って行くべき手廻りの物や本など行李に収めて、四時就床。明日は母と妻と愛児とをこの地に残して、自分一人雪に埋れたる北海道を横断するのだ!!!」（日記・一九〇八＝明治四一年一月十八日）
「予は何となく小樽を去りたくない様な心地になった。小樽を去りたくないのではない。家庭を離れたくないのだ」（日記・一月十九日）

子を負ひて
雪の吹き入る停車場に
われ見送りし妻の眉かな

『一握の砂』所収のこの一首は、のちの東京生活のなかでの回想歌である。

流離の旅は、まだまだ果てがなかった。

厳寒の小樽に不安な生活のままとり残される妻の顔を、啄木は思わず、じっと見つめた。妻に対する啄木の思いやりは、直接的な言葉としては、この歌には何ひとつ述べられていない。しかし、この第一行の「子を負ひて」と、第二行「雪の吹き入る停車場に」の生み出すイメージには、啄木の思いが、子を背負って吹きつのる雪の中に立っている妻の姿をまるごと包んでいるようなところがある。そして、第三行で、この妻をいとしむ心持ちが、歯をかみしめるように、こらえた形で表現されており、一首の感動は、「妻の眉」に鋭く収れんしていっている。
初恋時代から親しんできた三日月形の眉だった。

汽車が白一色の石狩平野を頼りなげに進んでいったとき、啄木は窓に寄ってこの広漠とした銀世界を見つめながら、流離の旅のただ中にいるという実感をひしひしとともなっていた。
「札幌よりむこうは自分の未だかつて足を踏み入れたことのないところである」と書いた「雪中行」(「釧路新聞」一九〇八＝明治四一年一月二四日)で、啄木は釧路に向かう列車の窓外の景色を生き生きと描写しており、感銘深いものとなっている。

「雪が大地を圧して、右も左、見ゆる限りは雪又雪。ところどころに枯木や茅舎を点綴《てんてい》した冬の大原野は、漫《そぞ》ろにまだ見ぬ露西亜《ロシア》の曠野を偲ばしめる。鉄の如き人生の苦痛と、熱火の如き革命の思想とを育て上げた、荒涼とも壮大ともいいようなき北欧の大自然は、幻の如く自分の目に浮かんだ。ふとしたら猟銃を肩にしたツルゲーネフが、人の好さそうな、髯の長い、巨人の如く背の高い露西亜の百姓と共に、ここいらを彷徨《うろつ》いてていはせぬかというような心地がする」

啄木はのちに、北海道の流離の旅を回想して、それは、「食を求めて北へ北へと走って」(「食ふべき詩」『東京毎日新聞』一九〇九＝明治四二年十一月三〇日～十二月七日）ゆくようだったと書いている。この短いフレーズには、函館から札幌へ、札幌から小樽へ、そして北海道のはての釧路へと「流れて」いく、啄木の切実な心情が凝縮されている。次の歌は、このときの啄木の姿をみごとに表現していると私には思える。漂泊の感情はうわすべりしていない。

浪陶沙《ろうとうさ》
ながくも声をふるはせて
うたふがごとき旅なりしかな

いうまでもなく『一握の砂』の一首である。「忘れがたき人々」（一）の最後におかれている。作歌は一九〇八（明治四一）年の十月二三日である。

「浪陶沙」とは、特定の詩人の詩題ではなく、「浪陶沙ノ詞《し》」のことであり、中国における詩体の一種である楽府《がふ》の題名のことである。「楽府というのは漢代に宮中の音楽をつかさどった役所の名であるが、そこで演奏せられる歌曲という意味で、うたのことばをも楽府とよび、この役所がなくなったのちも、詩体の名としてながく存続した」（小川環樹『唐詩概説』）。この楽府を源流として、唐の末に中央アジア地方の新しい音楽の流入によって、あらたな韻文の形式がおこった。それが「詞《し》」と呼ばれた。「浪陶沙」「竹枝」「楊柳枝」「漁夫」などの古くからの原歌に擬してこの時代に多くの同題の「詞」がつくられた。この作詞の大家として、劉兎錫《りゅううしゃく》、白居易《はくきょい》（白楽天）、李煜《りいく》などがあらわれた。

啄木が「ながくも声をふるはせて」愛唱したのは、いったい誰の作詞したものか。戦後一九六〇年代のはじめ頃までの啄木研究書の多くは、それは劉兎錫の「浪陶沙詞」だと解説されていた。しかし、それは白居易の「浪陶沙ノ詞」を指していた。吉田孤羊編の『啄木写真帖――啄木の生涯』（一九五二年、乾元社）に、啄木が本郷森川町の蓋平館時代に書き残した白居易の「浪陶沙詞六首」のうちの三首の写真が掲載されていたことから、啄木が詠んだ「浪陶沙」は白居易のものであることが動かしがたくなった。

そこから（四）と（六）を引く。読み下し文と現代語訳は、『続国訳漢文大成』（佐久節訳解、一九三〇年、国民文庫刊行会）の『白楽天詩集』第四巻による。

（四）
借問《しゃくもん》す江湖と海水と
君が情と妾《しょう》が心とに何似《いか》ん
相恨む潮の信有るに如《し》かざるを
相思い始めて覚ゆ海も深きに非ざるを
「潮《うしお》と海とに問いたい。君が心を妾が心に比《わ》して果たして如何と。夫の心の潮のように信のないのが恨めしく、夫を思う妻の心は海よりも深い」

(六)
浪に隋《したが》い波を逐《お》いて天涯に到る
遷客《せんかく》生きて還るは幾家《いくか》か有る
却って帝郷《ていきょう》に到りて重ねて富貴ならば
請う君忘るる莫《なか》れ浪の沙《いさご》を淘《とう》するを

「浪のまにまに天涯に貶謫《へんたく》（遠く追いやられること）された人は、生きて還ることは稀である。もし幸いに都に帰って、さらに富貴になりえたならば、全く浪に淘《あら》われた沙のようだと思うがよい」

(四)は、真率な民衆の情歌として心を打つものがある。それは、啄木を思う妻の心でもあったろうし、なつかしい妻や子によせる啄木の思いでもあるだろう。

(六)は、まさしく啄木の悲痛な思いの再現だ。啄木が、白楽天の「浪陶沙詞」に深い共感をもったことは想像に難くない。

「浪陶沙」とは、あたかも浪が砂を陶《ゆす》るがごとく一時としてやまない、遠く去った夫を思う妻の心情をうたうことを主としたものだといわれる。啄木も、この中国の詩人たちの故事にまねて、自負多い夫を遠く相離れた妻の立場から発想して歌いあげたものが、「浪陶沙／ながくも声をふるはせて」の作品だったと思う。

さいはての駅に下り立ち
雪あかり
さびしき町にあゆみ入りにき

石川啄木が釧路に着いたのは、一九〇八（明治四一）年一月二一日の夜九時半ごろだった。鉄道が釧路まで開通したのは、そのつい四カ月ほど前。汽車はここで行き止まりだった。

雪に埋もれた北海道の原野を横断してきた啄木にとってそれは、いかにも国の果てまで流れてきたように感じられたに違いない。啄木はその同意を求めるように、金田一京助への手紙で、「この釧路が日本地図のいかなる個所にあるかは、よく御存じの御事なるべくと存じ候」（一九〇八＝明治四一年一月三〇日）と書いている。

啄木は、北へ、北へ、と食を求めて流れていく自分の姿を思った。それはあたかも生活のたたかいに敗れた兵卒のようにも感じられたに違いない。さきの手紙の中で、「北《きた》グルと書いて逃ぐると訓《よ》む」などとひょうげてみせているのも、やるかたのない流離の心をまぎらわせるためであったに違いない。

釧路は厳寒の地だった。啄木が着いた頃は零下二〇度にもなっていた。「起きて見ると夜具の襟が息で真白に氷っておゝり、また、「顔を洗う時シャボン箱に手が喰い付い」（日記・一九〇八＝明治四一年一月二二日）てしまうようなところだった。啄木の生い育ったのも、みちのくの雪深いところだったから、寒さにまったく不慣れだったわけではない。しかし、釧路はケタはずれだった。啄木のこれまでの生活で経験した寒さなどとは比較にもならなかった。

国の果《はた》てと、寒気の熾烈さ、それに、もうこれ以上は駅もない——その最終端の駅に下り立ったとき、啄木の心に迫ってきたのは、まさに「北グル」ような自分の追われる姿であったろう。しかし同時に、この地で何とか生活を築きなおさなければならないという思いつめた心が身を引きしめていたはずだ。

妻子と別れてやってきた、遠く極寒の流離の旅の寂寥と、その心の底からせりあがってくる決意にも似たひとつの緊張と——。「さいはての」の歌は、それをとりわけ音韻上にみごとに表現している。この歌の母音だけを拾ってみる。

aiaeo　eiioiai
uiaai
aiiiaii　auiiiii

三一音のうち、この歌にはi音は実に十七個、五五パーセントも含まれている。特定母音がこのような比重を占める歌には、aやoの開放的母音が特徴をもつ、「やはらかに柳あをめる

／北上《きたかみ》の岸辺目に見ゆ／泣けとごとくに」がある。

「さいはての駅に下り立ち」の歌の i 音の使用は、啄木による意図的なものだったかどうかはわからない。しかし、i 音が、深い哀傷感や強い緊張感など、心の凝縮や収れんの状況と密接した音感であることを考えれば、この作品は、さいはての地に下り立った啄木の心理の奥をみごとに表現しているといえる。

（2）「予算案通過と国民の覚悟」

『釧路新聞』での啄木の仕事は、三面の主任で、実質上の編集長格だった。これは釧路より四〇日も長くいた『小樽日報』時代との大きな違いである。つまり啄木は、『釧路新聞』で、ジャーナリストとしてはじめて政治評論を書けるようになったのだ。啄木の思想の発展にとって、このことはもっと重視される必要がある。小樽の夜の社会主義演説会が水脈《みお》をひきながら釧路の啄木につながっていったのだと私は思う。

七五日間にわたった啄木の『釧路新聞』での記者活動では、私は次の三つの評論を重視している。第一は、政治評論の「雲間寸観」と「予算案通過と国民の覚悟」、第二は文芸評論の「卓上一枝」である。

「今日から一面に詞壇を設け、かつ大木頭という名で、百五十行ずつ政界の風雲を書くことにした」（日記・一月二八日）とある、その「政界の風雲」が、時事「雲間寸観」だ。これは一九〇八（明治四一）年一月二九日から五回にわたり、「大木頭」名で掲載された。

啄木が『釧路新聞』で活躍していたのは、明治憲法下での第二四回帝国議会がちょうど開会していた時期にあたる。通常国会は、前年の一九〇七（明治四〇）年十二月二五日に召集され、啄木が釧路を去るほぼ同時期の三月二七日まで、会期九〇日間で開かれていた。

時の内閣は西園寺公望内閣で、啄木が敬愛した先輩、原抱琴（達）の伯父にあたる政友会の原敬が内務大臣として入閣していた。帝国議会での政党関係の配置状況を参考のためにあげておけば、政府与党の立憲政友会が一八〇名、野党三派は、憲政本党が九〇名、大同倶楽部六〇名、猶興会三八名で、他に無所属一一名の合計三七九名だった（『議会制度百年史——帝国議会史』上巻四一五頁。以下『帝国議会史』と略）。

「雲間寸観」の第一回は、次の言葉で始められている。

「二十三日の議会は予報の如くいわゆる三派連合の気勢の下に提出せられたる内閣不信任の決議案の討議に入り、小気味よき活劇を演出したるものの如く候」

ここに啄木が書いている「内閣不信任案」が提出されたのは、一九〇八（明治四一）年度の国家予算編成段階では、増税はしないと言明していたにもかかわらず、土壇場で新増税案を含む予算案を西園寺内閣が提案したからだった。「山県有朋や桂太郎は軍事的冒険主義の推進者であった。彼らは民衆の生活や立憲政治をふみにじっても強硬な軍事的膨張主義を主張して止まなかった。山縣は、軍備拡張のための地租増徴を強硬に主張し、伊藤とも対立した」（堀尾輝久『天皇制国家と教育――近代日本教育思想史研究』六八頁）

西園寺内閣は、こうした方向の圧力に屈したのだ。

増税案の内容は、総額六億一六〇〇万円におよぶ予算案の中で、酒税：一石につき三円増、砂糖消費税：一〇〇斤につき一円乃至《ないし》二円五〇銭増、石油消費税（新規）：一石につき一円、煙草の値上げ：約三割、というものだった。これによる増収は、経費を差し引き一一〇〇万円だった（『日本国会百年史』による）。正確にはいいがたいが、この頃の一円は、おそらく現在の五千円から一万円くらいといった見当だろうか。

いずれにせよ、この増税案は、国民生活にとっては大変な重圧だった。

日露戦争時には、戦費調達のために非常特別法を改正して、地租、営業税、所得税、酒税、あらたに織物消費税などを新設していた。それらの税制整理は戦後二年間に行われることになっていた。ところが、日露戦争は勝ったというものの、ロシアから賠償金がまったくとれず、非常特別法は恒久化されてしまっていた。そのうえまたもや増税案である。富国強兵の政策は、国民生活を窮乏化の方向におしすすめた。

日露戦争以来の相次ぐ大型間接税としての消費税の新設とその強行は、国民生活と直結するものだった。

「消費税は、本来平民税なり。労働者の膏《こう》血税也、しかもそれは納税者の視線を避け知覚に触れざるためには、最も巧妙なる徴税法といわざるべからず」（『週刊・社会新聞』一九〇七年十二月十五日）と、「議会政策派」の田添鉄二は書いた。消費税増税の本質をつくこの田添の指摘は、現在の徴税政策の根幹の問題としても、いささかも色褪せてはいない。

啄木が、「雲間寸観」四回目を発表した十日後の二月十一日には、日比谷公園で主催者不明の増税反対国民大会が開かれ、群衆数万人が集まった（『社会労働運動大年表』大原社研編、労働旬報社、一九九五年）。

数万人とは大規模だ。当時の社会運動の演説会などでは、「聴衆三十人に対し巡査五十人も押掛けて来て解散させる」（吉川守圀『荊逆星霜史』一七二頁）という状況にあったという。

〝主催者不明〟とは、当局の弾圧の手を巧みにくぐった主催者の知恵だったろう。これだけの組織力をもっていたのは、おそらく片山潜を中心としたいわゆる議会政策派だったと考えられる。幸徳秋水らを中心とした直接行動派からは軟派とのしられながらも、議会政策派は労働現場に足を運び、労働者を組織しながら、団結した力でその切実な要求を実現するために活動していた。
前述の吉川守圀の『荊逆星霜史』（一七三頁～一七四頁）には、当時の労働者のあいだで盛んに歌われていたという「ラッパ節」と「増税節」が集められているので、いくつか引いてみる。日比谷公園の「主催者不明」の「数万人」も、おそらく大合唱したことだろう。

〈ラッパ節〉
△塩や砂糖に税を掛け、ソレで飢饉は救われず、八十万の失業者、文明開化が笑わせる。
△雨にゃ降られる泥にゃなる、腰を伸ばす間もありゃしない。コンナ苦労して田植して、お米は地主の蔵に積む。

〈増税節〉
△人の膏《あぶら》を絞るよ絞る、死んでしまう迄（難儀ナモンデネ咄《とつ》圧政）絞り取る、またまた増税。
△コメが高くて月給が安い、コレでどうして（難儀ナモンデネ咄《とつ》圧政）身が立とうか、またまた増税。
△家も屋敷も人手に渡し、今じゃ毎日エンヤラヤノヤ（難儀ナモンデネ咄《とつ》圧政）またまた増税。

啄木が「雲間寸観」に書いている内閣不信任案は、一月二三日に採択がおこなわれ、わずか九票差で否決となった。この僅差の票決結果が、やがて政局の激動を引き起こすだろうことを啄木は予見して、「雲間寸観」に次のように書いている。

「いわゆる前内閣系の野心家が遠からず何等かの形式によって現内閣の運命を威嚇するに至るべくしかしてその時期は蓋《けだ》し第二十四議会閉会と同時なるべしとは多数の観察者の一致するところに候」

大増税の予算案が通過したことで、社会的矛盾はいっそう深まり、「国民全部の怨嗟の的となる」ことは必至だと見ているのである。

「雲間寸観」の第二回は、議会問題、韓国問題、日本問題などにふれたのち、第三回（二月一日）では、主として、予算委員会での論議の経過をかなり詳細に書いている。以降、第四回、第五回では、ポルトガル国王の暗殺の問題や東欧情勢などについて書くのである。

改めていうまでもないが、啄木の「雲間寸観」に書いた情報の内容は、啄木のオリジナルではない。数種類もの新聞などを読みながら、啄木風にまとめたものだろう。そのためか、『石川啄木全集』（筑摩書房版。以下略して『全集』とも）の編集者はこれを啄木著作の正系に位置づけずに、『全集』最後の第八巻（「啄木研究」）の最後に、付録のようにひとまとめにしている。しかし、こうした扱いと、のちにふれる『岩手日報』に寄稿した「百回通信」が似たような性格をもちながらも、第四巻の「評論集」に含まれていることには、整合性があるとはいえない。にもかかわらず、「雲間寸観」をはじめここに一括されている諸文章を子細に読めば、啄木の独自な目がいたるところに光っていて、才気に満ちた啄木の文体が感じられるのである。

啄木の論説「予算案通過と国民の覚悟」は、『釧路新聞』一九〇八（明治四一）年一月二一日の第一面巻頭に掲げられた。啄木の二月二〇日の日記には、「出社。昨夜遅く書いた〝増税案通過と国民の覚悟〟を載せる」とあるから、二月十九日夜の執筆である。

この時点では、衆議院を通過した予算案は、すでに論説執筆の日には貴族院の委員会で可決されている。予算案は、議会を通過したのも同然の状態であった。

「いずれの国のいずれの議会たるを問わず、予算案や実に他の一切の議題の上に重要視せられて、最も慎重精密の討議を費さる。（中略）（したがって）いかなる大政治家といえども未だその編むところの予算案を毫末《ごうまつ》の批議なくして議会を通過せしめ得たる者なし」

啄木は、論説の冒頭部分で、なにより予算案のもつ政治的重要性をこのように指摘している。

にもかかわらず、第二四帝国議会は、「尨然《ぼうぜん》たる六億有余の大予算に対し、一厘一毫《ごう》の削減なくしてこれを通過せしめ」たことに、啄木は注目したのである。

啄木はさらに、増税案に対する国会審議での政党・会派のさまざまな動きと、その推移を中心に臨場感をもって書いている。

しかし、この啄木の論説で最も注目すべき点は、この予算案成立の本質を、権力をめぐる抗争における政府・与党の勝利と考えるのは皮相であって、「第二十四議会における絶対の勝利者」は、政府ではなく増税案であり、より本質的には、「この苛酷なる増税を余儀なくしたる尨《ぼう》大の軍事費」であると、啄木が指摘しているところにある。

「政府は軍事費の傀儡《かいらい》」にすぎず、「国民こぞってその奴隷とせられつつある」ことに警鐘を鳴らしながら、啄木は、「世界の一等国」という「美名」のもとに、政府が国民におしつけている「帝国主義の妄想を胸中より追」いはらうことが急務だと訴えて、この評論を閉じている。

日露戦争後の日本は、経済的にはまだ弱小でありながら、急速に軍事大国の方向をたどっていた。そのために、軍事費の国家予算案に占める割合は、明治十年代が一〇パーセントから二〇パーセントのあいだを推移していたのに、日清戦争を経て日露戦争では、だいたい三五パーセント前後で推移した（『日本近代史を読む』宮地正人監修、新日本出版社）。

啄木が『釧路新聞』に着任する前年の一九〇七（明治四〇）年、「帝国国防方針」なるものが策定された。これは山縣有朋らを中心とした「軍事的冒険主義者」（堀尾前掲書）らによって立案されたもので、ロシア・アメリカを主要な仮想敵国とした陸海軍の軍事力の大拡張案だった。「帝国国防方針」は、国会審議にもかけられず、最終的には、天皇の裁可によって決定された。
啄木が論説「予算案通過と国民の覚悟」でとりあげた予算案は、「帝国国防方針」の実現に向けた第一次軍拡予算案だったのである。
啄木は、この論説の最後を次の言葉でしめくくった。

「深く沈思してしかして、帝国主義の妄想を胸中より追わざるべからず。空莫たる妄想を排除してしかる後にすべからく先ず『世界の一等国』なる美名の価値を詮考すべし。われら論じて既にここに至る、ああ国民将来の覚悟いかん。われらは読者の胸中既に多少の感あるべきを信ぜんとす」

啄木はのちに「大逆事件」に遭遇して、幸徳秋水の著作にも深く心を寄せていくことになるが、幸徳秋水は、処女作『帝国主義』（一九〇一年四月）で、「帝国主義は、いわゆる愛国心を経となし、所謂軍国主義を緯となして、もって織り成せる政策にあらずや」（岩波文庫、一九頁）と論じていた。啄木が「予算案通過と国民の覚悟」で展開した軍国主義と帝国主義の問題は、秋水の『帝国主義』論と不思議に重なるところがある。

啄木が「予算案通過と国民の覚悟」を書く二週間ほど前に、小樽の雪の夜に「名告合《なのりあい》」をした西川光二郎は、『週刊・社会新聞』第三五号（一九〇八＝明治四一年二月二日）に、「増税か憎税か」と題した評論を書いている。

「増税、増税、又増税、一体ドコまで増税するツモリにてあるにや、かくして止まずんば遂に国民をしてああ増税か憎税かといわしむるに致《いた》るべし」と書きはじめ、労働者の生活実態に即していかに増税が労働者に苦難を強いるものかを論じている。この西川光二郎の評論は、視点がせまく、軍事予算との関係づけはまったくなく、帝国主義に言及している啄木の「予算案通過と国民の覚悟」とは比すべくもない。

第二四回帝国議会の軍拡予算案をめぐって啄木が書いた二つの政治評論、「雲間寸観」と「予算案通過と国民の覚悟」は、きわめて重要な評論であった。それは、ろくな国会審議もせず、ゆえに国民の覚悟も問われないまま軍事大国化を進む日本社会に対しての、啄木からの警鐘であり、ジャーナリストとしての面目躍如だった。しかし、近代日本は啄木からの警鐘を受けとめることなく、帝国主義的侵略戦争へと進んでいく。

啄木の伝記的生涯においては、この方向への発展は凍結されていくわけだが、啄木は、これらの政治評論の立ち位置——とくに議会重視の認識において——から後退したり、変質したりはしなかった。それは、以降の啄木の作品をつぶさに見れば理解できる。

戦後の啄木研究では、この二論文への関心は率直にいっても強いものではなかった。より厳しく言えば、戦後においてもまだ、啄木からの警鐘を受けとめる土壌は熟していないといえるのかもしれない。啄木の思想をリアルに追求していくうえでも、この二評論への関心が強まることを期待したいものである。

（3）「卓上一枝」――「一元二面観」へのゆらぎ

『釧路新聞』に啄木が六回にわたって書いた文芸評論「卓上一枝」（一九〇八＝明治四一年二月一日～三月十五日）は、注目すべき内容をもっている。とくに第六回では、啄木が若い日より身を処してきた「一元二面観」の哲学へのゆらぎが告白され、それを補完するものとして自然主義への期待をにじませている。

ここで「一元二面観」と啄木が自称した哲学の形成の経過を、ごく簡単に見ておきたい。

啄木の観念哲学としての「一元二面観」は、「愛」の概念の探求を土台としている。それはのちに妻となる堀合節子との十四歳ごろからの早熟な恋愛の発展過程と深くかかわっている。

若く気負いに満ちた十六歳の啄木が盛岡中学を中途退学し、「文学をもって身を立てるため故郷を出発上京」（『全集』第八巻所収、岩城之徳「伝記的年譜」。以下「年譜」または「伝記的年譜」とも）したのは、一九〇二（明治三五）年十月三〇日だが、貧窮の中で病を得て、翌年の二月二八日には父に連れられて故郷・渋民に帰った。その後の一年半の療養生活は、啄木にとっては苦い挫折感からの立ち直りの苦悩に満ちたたたかいの日々でもあった。

啄木は、療養生活の初期に、ワーグナーへの関心を示した「ワグネルの思想」(『岩手日報』一九〇三＝明治三六年五月三一日〜六月十日)を書いた。この評論は、当初、壮大な構想のもとに書きはじめられたが、七回の連載でようやく「序」が終わっただけで、その後は病のために中絶した。

「ワグネルの思想」は、当時ドイツに留学していた宗教学者で評論家の姉崎嘲風が『太陽』に寄せた、「高山樗牛に答える」(一九〇二＝明治三五年二月〜三月)、「高山君に贈る」(同年三月〜四月)、「再び樗牛に与ふる書」(同年八月)の三つの評論のうち、第三の評論「再び樗牛に与ふる書」に大きな影響を受けて書いたと思われる。嘲風はこの評論で、ショウペンハウエル、ニイチェ、ワーグナーの三者の関係を比較しワーグナーを高く評価した。啄木がのちに自家の哲学と呼んだ「一元二面観」への着想も、この評論から多くの示唆を得ていた。

この療養生活の中では、啄木の「愛」の思索も深くなっていった。啄木の「愛」の相貌は「我を愛するもののみを愛す」という偏狭さを出て、「愛」は、「包容である。一体である。融合である」と発展していく(野村長一宛、一九〇三＝明治三六年九月二八日)。啄木はこれに続けて、「大いなる意志は単に自己拡張のみではなくて更に自他を融合し、外界を一心に摂容する者であることを自覚してくる」というが、これは啄木哲学のアウトラインをかたちづくっている。

やがてほぼ一年後の一九〇四（明治三七）年八月三日、伊東圭一郎宛の長文の手紙の中で、「神という者が世界の根本意志なるを悟り、その意志が意力たると同時に又万有に通ずる『愛』によって整然進歩するということに明徹するに至っ」たと述べていることは、啄木哲学の内部を固めている感じがする。

こうして、日露戦争を挟んだのちの一九〇六（明治三九）年、啄木は、「幼きより我がいのちなりし自負の一念」（つまり、天才意識。傍点＝啄木）が、「リヒャード・ワグネルの偉大なる思想」に助けられ、「この意識をして益々明瞭ならしむる唯一の力」となったと語っている（小笠原謙吉宛、一九〇六＝明治三九年一月十八日）。

啄木はさらに続けて、ショウペンハウエルの「意志消滅の誤謬《ごびゅう》に陥らず、又ニイチェと共に意志拡張のみの極端に走ら」ず（傍線＝啄木）、この相反した二思想のあいだに、「意志拡張の愛の健闘的勇気によってのみ到達せられるべき神人握手の妙境」を発見したのは、ワーグナーの天才によるものだと述べている。

こうした「一元二面観」の形成過程を啄木みずからが要約、整理し、その姿を明らかにしたのが、小笠原謙吉宛の手紙から二カ月後の一九〇六（明治三九）年三月の中旬の日記である。

「ワグネルは、意志愛一体の境地に神人融会の理想を標示しただけで（中略）……意志の世界と愛との関係はなお依然として哲学上不可解の疑問として残っている。この問題の解決は、実に我が人生観最後の解決であらねばならぬ」
「ここに一解あり、意志という言葉の語義を拡張して、愛を、自他融合の意志と解くことである。すなわちショペンハウエルに従って宇宙の根本を意志とし、この意志に自己発展と自他融合の二面ありと解することである」（日記・一九〇六＝明治三九年三月二〇日。傍点＝啄木）

この「一解」こそ「自分の二十年間の精神的生活が初めて意義あるものとなった」と、啄木が自負をこめて書いたのは、渋民村で代用教員として教壇に立つほぼ一カ月前であった。のちに啄木が「一元二面観」とよぶこの哲学観は、その後どのように変遷していったのだろうか。右の日記の冒頭には、一九〇六（明治三九）年三月十一日と十二日の二日間にわたって東京日比谷公園で開催された、市電運賃値上げ反対市民集会のことが述べられているが、ここに、「一元二面観」からの啄木思想のひとつの行く先がすでに暗示されている。啄木は三月二〇日の日記でいう。「余は、社会主義者となるには、余りに個人の権威を重んじて居る」と。

この言葉は「一元二面観」が抱くもっとも弱い部分を露呈している。つまり、これでは自他融合——他との連帯といえばわかりやすい——が成り立たないのである。啄木における「一元二面観」とは、社会主義思想への隘路《あいろ》をなすもの、ということができる。

啄木哲学の「一元二面観」は、自己発展、自己拡張した意志（天才意識、文学天職論など）がほかに力を及ぼして、そこにあらたな自他の融合・合一を実現する、という構造をもっていた。

自己発展の意思は、「及ぼしていく」方向性はもつが、「及ぼされる」あるいは、「ともに及ぼし合う」という連帯の方向性はもたない。自己発展も自他融合も、そのベクトルの方向は、つねに一方的なのである。啄木自身が、そのベクトルの方向性なのだ。

しかし、具体的な人間生活の諸現実が、啄木哲学の思弁的な〝自己拡張〟の前に、絶え間なく立ちはだかってきたのは当然だった。自己拡張が正常に発展できなければ、自他融合が阻まれることは必然だった。観念世界の哲学が、現実世界の諸問題に直面して、さまざまな矛盾を露呈しはじめたことに、聡明な啄木が気づかないはずはなかった。人生哲学の本質に据えた「一元二面観」が、ほかならぬ人生の現実によって侵されはじめたのではないかという疑問が、函館での啄木の心をとらえはじめたように思う。

私がそう思うのは、自己の哲学をもっとも有効に発揮できる場であるはずの、教育に対する啄木の態度の変化を思うからだ。啄木が渋民小学校にいた当時の教育は、天皇制イデオロギーと癒着した教育勅語と、ヘルバルト主義による形式主義的教授法だった。啄木の展開した授業は、この形式主義とたたかい、子どもたちの自主性と創意性を引き出し、発展させようとするものだった。それは、啄木の教育小説に生き生きと描かれている。

子どもたちの胸に、「火箭《かせん》」となって放たれた教師の言葉によって、「教室は宛然《さながら》熱火の洪水」となったり（小説『雲は天才である』）、また、教師である「健の目が右に動けば、何百の生徒の心が右に行く、健の眼が左に動けば、何百の生徒の心が左に行く」（小説『足跡』）という。

それは、自己発展と自他融合のわかりやすい姿にたとえられるだろう。啄木が絶対主義的な天皇制下の教育と激突したのは、それを、自己発展の意志が自他融合する際の妨害物と捉えたからにほかならなかった。

しかし、渋民時代には「日本一の代用教員」を自負し、あれほど熱心だった教育について、函館弥生小学校時代には、教室での子どもたちの表情ひとつさえ書き残していない。函館での生活時間が短かったことは理由にはならない。渋民小学校の生徒数は全校三百名に満たなかったが、函館の弥生小学校は、千百名の大規模校だった。もはや渋民小学校のように一人ひとりの子どもの顔が見える授業などは望むべくもなかった。

つまり、啄木の「一元二面観」の哲学は、その力を発揮できなかった。啄木の「渋民日記」とくらべ、「函館の生活」と名づけた函館日記では、こと教育に関しては掌を返したように無気力をさらけ出している。啄木が弥生小学校の教壇に立ったのは、一九〇七（明治四〇）年六月十二日からだが、一カ月ほど経った七月中旬、「予は健康の不良と或る不平とのために学校を休めり、休みとても別に届を出さざりき」（「函館の夏」）と書いているところは、もはや投げやりの感がある。「一元二面観」がゆらきはじめたことをうかがわせる。

啄木は、函館から札幌、小樽、そして釧路へと流離の旅を続けてきた。旅を続けるごとに、現実生活には重圧が加わってきた。そのことで、「予が唯一の哲学」（「卓上一枝」）とし、「人生万事解し得たりとし」た「一元二面観」は、動揺の振幅をひろげてきた。動揺のエネルギーは、まぎれもなく人間の生きる現実の生活だった。

さいはての街釧路で、啄木は自然主義への関心を高めていった。それは、動揺し、破綻しかけたみずからの哲学「一元二面観」が、自然主義によって補綴《ほてい》されるのではないかと期待してのことだったろう。しかし、「自意識の発達せる結果として生まれた」自然主義に、「自己発展」が内包されていることは理解できても、「自他融合」の可能性は、まだ見出せなかった。

日本の自然主義は、「『自己の誠実』と『社会への誠実』との連帯を重視せずして、狭い自己の生活意識に感覚的・閉鎖的に執した」（川副国基「自然主義文学」『日本近代文学大事典』第四巻、一六八頁、日本近代文学館）という指摘は、啄木の「一元二面観」に起こった動揺をもさぐりあてている、というべきだろう。

自然主義は、一見健康そうで、時代の心をとらえる若い思想のように啄木には見えた。しかし結局のところ、自然主義は啄木哲学の「救済者」とはならなかった。それどころか、二年後には、「むしろ執達吏のような役目をもってあらわれ」（大島経男宛・一九一〇＝明治四三年一月九日）てきたのだった。

（4）「真につくづくと、釧路がイヤになった」

『釧路新聞』での啄木の活動は、七五日間だった。そのあいだ啄木は、事実上の編集長としてその才能を発揮した。「釧路詩壇」や「雲間寸観」の政治評論欄をおこし、紙面の刷新、充実をはかり、読者を拡大して、競争紙の『北東日報』を圧倒していった。

啄木はまた三面の主任でもあったので、釧路花柳界に入りびたり、さまざまな艶種《つやだね》を仕入れ、これをエッセイ「紅筆《べにふで》だより」として、二月一日から三月二五日にかけての二五回にわたって連載し、評判をとった。啄木と小奴との浅からぬ交情も、花柳界取材の中から生まれたものだ。

　よりそひて
　深夜の雪の中に立つ
　女の右手《めて》のあたたかさかな

さいはての街釧路での生活で、啄木は生まれてはじめて酒の味をおぼえ、また花柳の巷に若き小奴と馴れ親しんだ。

啄木は、小奴は活発で気持ちのよい女だと思った。「奴《やっこ》はハッキリしている。輪郭が明らかである。少しも翳《かげ》がない。花にすれば真白の花である」（日記・一九〇八＝明治四一年三月二二日）とも書いている。

はるか後のことだが、金田一京助も、啄木を訪れた小奴の印象を「大柄で、しっかりしたところのある、色の白い、二重瞼のパッチリした目をもつ、水の滴るような美しさだった」(『続・石川啄木』五六頁、角川文庫)と最大限の賛辞を呈している。啄木は、「やっちゃん、やっちゃん」とかわいがったという。小奴のほうも啄木が好きだった。長い手紙を啄木によこしたりした。

「先夜空しく別れた時は〝唯《ただ》あやしく胸のみとどろぎ申し候〟と書いてあった。相逢うて三度四度に過ぎぬのになぜこうなつかしいかと書いてあった。〝君のみ心の美しさ浄けさに私の思いはいやまさり申し候〟と書いてあった」(日記・三月十一日)

飲みなれない酒に浸って、夜おそくなると、小奴はよく啄木を家まで送りとどけた。

「雪路の悪さ。手を取り合って、埠頭の辺の浜へ出た。月が淡く又明らかに、雲間から照す。雪の上に引上げた小舟の縁に凭《もた》れて二人は海を見た。少しく浪が立っている。ザザーッという浪の音。幽かに千鳥の声を聴く。ウソ寒い風が潮の香を吹いて耳を掠《かす》める」(日記・三月二〇日)

これらは、啄木が日記にことこまかに書かれている小奴との道行きの、ごくわずかである。しかし、この引用だけからみても二人の関係の深さは推測できる。そしてまた、「よりそひて」

の歌の背景もおのずから明らかとなる。

「よりそひて」の歌は、作歌上のおもしろさをもっている。第一行に、まず、もっとも核心にある姿を提示している。いっきょに中心から出発し、遠心的方向に向かって空間的な広がりを見せていく。それが第二行の「深夜の雪の中に立つ」だ。行を変えることで、「立つ」が、「立つ女の」と続くことを明らかに拒否している。第二行は、意味上の休止をもち、左右の行から独立しているのだ。

第三行では、今度は求心的方向に向かいつつ、先頭行の「よりそひて」に呼応しながら、第一行に提示された核心の姿を具体化している。こうして、一首全体は、連続と切断、休止と飛躍がいかにもほどよくミックスされつつまとまりを見せている。「あたたかさかな」の母音の行列には驚く。

その膝に枕しつつも
我がこころ
思ひしはみな我《われ》のことなり

啄木はこの歌で、紅燈美酒に酔い痴《し》れていながら、その酔い痴れているおのれを冷ややかに見つめているもうひとりのおのれを謳っている。

溺れきれない自己意識の冷徹さというべきであろう。金田一京助は、この歌にふれて、「ここに啄木の本性を見る。この自意識とその反省と、これが啄木の啄木たる所以《ゆえん》のところ」と評していた（前掲書、五二頁）。

北海道流離の果ての地で、傷心と孤独の啄木を慰めた小奴の存在は、時代と生活に苦闘しつづけた啄木の生涯にとって、雪あかりよりはもっと明るく穏やかだったに違いない。歌集『一握の砂』の「忘れがたき人人」の章には小奴を歌った作品十三首が残されている。

啄木が『釧路新聞』（一九〇八＝明治四一年三月十七日）に書いた詩「幽思」がある。小奴への啄木の深くしずかな思いととってもあやまりではないだろう。

幽　思

ほのかにも揺《ゆら》げる灯《ひ》あり。

ほのかにも今我が心、
はるかなる人無き島の
洞内《ほらうち》の光明《あかり》を忍ぶ。

ほのかにも揺《ゆら》げる灯あり。
ほのかにも今我が心、
春の夜遠方人《おちかたびと》の
涙にし濡れたる思ひ。
我が思ひ、幽《かす》かに顫《ふる》ふ。

啄木は、はっきりした理由も明らかにせず、まったく唐突に「果敢《はか》ない思いのみ胸に往来する。つくづくと、真につくづくと、釧路がイヤになった。ああ」（日記・三月二二日）と書きつけた。そして、雪と氷と、酒と女の釧路から、自然主義の勃興しつつあった東京に向けて、文学的運命を決すべく、いさぎよく脱出していった。一九〇八年（明治四一年）四月五日のことである。

第2章　焼けつく夏と緑の戦い
——ローマ字日記の世界——

（1）「漫然たる自惚《うぬぼれ》と空想とだけあって」

一九〇八（明治四一）年四月二八日、石川啄木は、五度目の、そして最後となる東京の土をふんでいた。十一カ月にわたる北海道流離の旅を打ち切って、釧路より海路で函館に着いた。老母と妻子を函館の親友宮崎郁雨に托し、横浜行きの三河丸に乗ったのだった。

「自分が新たに築くべき創作的生活には希望がある。否、これ以外に自分の前途何事も無い！」（日記・「最後の函館」）と、函館最後の夜の日記に書きつけ、また友人への手紙にも、「今度の上京は、小生の文学的運命を極度まで試験する決心に候」（向井永太郎宛・五月五日）と書き送っていた。志は固く、目指すところは高かった。だが、上京後の数カ月間の苦闘にもかかわらず、自然主義文学の潮流は啄木を拒否した。

上京した啄木は、金田一京助のいた本郷区菊坂町八一番地の赤心館に落ちつくと、ただちに創作活動に専念した。「菊池君」「病院の窓」「母」「天鵞絨《ビロード》」「二筋の血」など、三百枚以上の作品を書きながら、結局それらは、一枚として金にはならなかった。

「俺はこれ位真面目に書いていて、それで煙草代もない、原稿用紙も尽きた」
「明日からは、何か書こうにも紙が無い。インキも少くなった」（日記・六月四日）

啄木の苦悩は深刻なものとなっていった。二、三カ月のあいだは独身になったつもりで、東京で創作活動の基礎を築こうとした計画は、ガラガラと崩れていった。

天才意識と文学天職論に支えられ、文学に志を立て、眉を高く張るようにして出発したものの、立ちはだかる現実の壁に、無慈悲に出発点に引き戻されるような事態は、六年前に盛岡中学を中退して以来、一再ではなかった。そのたびごとに、啄木は傷つきながら立ち直っていった。しかし、今度ばかりは物心両面で追いつめられていた。

おりもおり、尾崎紅葉らと硯友《けんゆう》社を創立し、観念小説の作家と呼ばれた川上眉山が自殺をした（六月十六日）。その一週間後の六月二三日には、啄木が、明治の「真の詩人」「真の作家」として評価し、なつかしい思いを抱いた国木田独歩が病死した。啄木は傷心の極にあって、死を決意したりした。

「死んだ独歩氏は幸福である。自ら殺した眉山氏も、死せんとして死しえざる者よりは幸福である。／作物と飢餓、その二つの一つ！／誰か知らぬまに殺してくれぬであろうか！　寝てる間に！」（日記・六月二七日）。

「死にたい、けれども自ら死のうとはしない！　悲しいことだ。自分で自分を自由にしえないとは！」（日記・六月二九日）

啄木は、こうした内面の危機の鋭い進行の中で、激しい格闘を演じ続けてゆく。

「死にたいと思う考えが、執念《しうね》く起る。しかし死ぬ方法に着手しようともせぬ。自分でそれを怪しんでいる。／母の顔が目に浮ぶと、ただもう涙が流れる。実際涙が流れるよ。昨夜は妻が恋しくて恋しくてたまらなかった」（吉野白村宛・七月十八日）。

「とにかく僕は遂に死にかねた。猛烈に戦って遂に生存欲に敗けた」（宮崎郁雨宛・七月二九日）

森の奥より銃声聞《きこ》ゆ
あはれあはれ
自《みずか》ら死ぬる音のよろしさ

「さばかりの事《こと》に死ぬるや」

「さばかりの事《こと》に生《い》くるや」
止《よ》せ止《よ》せ問答

死ぬことを
持薬《じやく》をのむがごとくにも我《われ》はおもへり
心いためば

これらの作品は、いずれも歌集『一握の砂』（一九一〇＝明治四三年十二月刊）に収録された。前二首は、一九〇九（明治四二）年の雑誌『スバル』五月号に発表したもの。死の影は一年後の作品にまだちらついている。三首目は、啄木が「大逆事件」の真実に向けて大きく身をのり出していたころのもので、死への理解は客観化されている。いずれにせよ、釧路からの最終的な上京の第一年目の啄木に、死がいかに深く刻印されたかをこれらの作品は物語っている。

しかし、啄木はこうした危機的な状況にありながらも、他方では旺盛に読書していた。ゴーリキーの作品をしきりに読んでいる。その他、ツルゲーネフを読み、蕪村句集、杜甫・陶淵明・白楽天の詩を読み、さらに『万葉集』や『古今集』、『源氏物語』まで読んでいる。啄木は読みながら、書きながら、死をみずからの中から追放するために、理性の声を強めていった。

十月十一日、ようやく『東京毎日新聞』に啄木の小説が掲載されることがほぼ確実となり、啄木は、十三日から旧稿「静子の恋」を書き直しはじめた。これが十一月一日から十二月三〇日まで五九回にわたって『東京毎日新聞』に連載された小説「鳥影」である。この小説は、故郷渋民村の旧家をモデルにしたもので、主人公の大学生小川信吾と妹静子を中心に、入り組んだ恋愛の葛藤を描いている。啄木の精神的危機はひとつの明るさを見出したといえよう。

啄木は小説「鳥影」を『東京毎日新聞』に執筆しながら、死を次第に遠ざけつつ、ロマンチストからリアリストへと、揺れながら進んでいった。

上野の森の第二回文部省展覧会（文展）で、第三部「彫刻」の部の入選作、荻原守衛（号：碌山）の力作「文覚《もんがく》」に出会ったのは、まさにこうした時期だった。十月九日のことである。ゴツゴツと力こぶのもり上がった腕を組み、大きな眼をむいた「文覚」。啄木は、この「文覚」から得た感動を、「荻原守衛氏の〝文覚〟には目を瞠《みは》った。この豪壮な筋肉の中には、文覚以上の力が充満していそうだ」と日記に書きとめている。

話は平安末期のこと、北面の武士遠藤盛遠が、想いをかけていた美貌の人妻袈裟御前を一九歳のときに誤って殺し、出家。のちに頼朝の幕府に権勢を振るった真言の僧——文覚。その数奇に満ちた人生が、そこには表現されていた。

作者の荻原守衛は、友人の相馬愛蔵の妻である相馬良子（黒光）との恋愛の苦悩のなかにいた。「文覚」はのちに「恋の文覚」と呼ばれたが、碌山にとって「文覚」の制作は、苦悩克服のためのたたかいでもあった。

荻原碌山は、一八七九（明治十二）年長野県穂高に生まれた。啄木より七歳年長である。二三歳のとき洋画の勉強のため渡米。のちフランスに渡り、ロダンの彫刻「考える人」に強い感動を受けて、絵画から彫刻に転ずることを決意した。学費を稼ぐため、いったんアメリカに帰り、高村光太郎などと親交を結んだ。さらに、二年三カ月後の二八歳のとき、再びフランスに渡って本格的に彫刻を学び、一九〇八（明治四一）年二月、三〇歳のときに日本に帰国した。「文覚」は、碌山の帰朝第一作であった。碌山は、まだ穂高にいたころから良子に関心を寄せていた。良子は、女性の地位向上を謳うなど、当時としては進歩的だった巌本善治が校長を務める明治女学校を卒業し、作家を志してもいた。碌山が画家を志したのも、良子が持っていた本格的な油絵の風景画によるという（以上、林文雄『荻原守衛』新日本出版社、による）。

碌山が帰国したころ、相馬夫妻は信州から上京し、新宿角筈《つのはず》に中村屋の前身となるパン屋を開いていた。碌山の兄がクリスチャンである相馬夫妻の住まいの近くにアトリエをつくり、碌山はそこを制作活動の拠点とした。新しい状況で碌山と相馬良子の恋が急速に育っていった。「荻原は日ごとにつのる良子への執着と、親友の相馬愛蔵を裏切るまいとする決意との葛藤に苦しんだのであり、良子は、相馬の妻という現在の地位を喪わない範囲内で荻原を愛そうとする、その態度の中途半端さによって、自分も苦しみ荻原も苦しめたのである」（林文雄、前掲書、一五九頁～一六〇頁）。

啄木はこの「文覚」に、作者碌山の沈痛な生命内部の苦闘と力闘を見、また、みずからの内部をも深く凝視した。啄木は「文覚」から、ともすれば崩れてしまう現実とのたたかいへの限りない激励と力を感じ、「文覚」に深い共感を寄せたのだった。

このころ足しげく啄木を訪れていた歌人・吉井勇に対する批判に、ロマンチズムを脱しつつあった啄木の視点がよくあらわれている。

「無思想にして、空想の人、そして空想を語る人」（日記・十月二七日）

「何の事はなく、予は近頃吉井が憐れでならぬ。それは吉井現在の欠点——何の思想も確信もなく、漫然たる自惚《うぬぼれ》と空想とだけあって、そして時々現実暴露の痛手が疼《うず》く——それを自分自身に偽ろうとして、いわゆる口先の思想を出鱈目《でたらめ》に言って快をとる——」（日記・十一月十三日）

啄木のこの手厳しい吉井勇批判は、実はそっくりそのまま、啄木自身の弱点に対する自己批判となっている。吉井勇を見ていると、啄木は自身のあさましい姿を鏡に見るように思った。前述の日記の中で、「とにかく吉井君の心境がイヤだ、可愛相だ」ともいっているのは、まさしく啄木の自己憐憫《れんびん》以外の何ものでもない。

小説「鳥影」の三分の二ほどのところには、啄木の分身と見られる作中人物の吉野が、小学校の教師日向智恵子に、つぎのように語る場面がある。

「夢を見る暇もない都会の烈しい戦争の中で、間断《ひっきり》なしの圧迫と刺激を享《う》けながら、切迫《せっぱ》塞《つま》った孤独の感を抱いてる時ほど自分の存在の意識の強いことはありませんね。それァ苦しいですよ。苦しいけれど、やはり新しい生活はその烈しい戦争の中で営まれるんですね」

「田舎にはロマンチックが残ってます。……僕は苦しくって怺《たま》らなくなるといつでも田舎に逃げ出すんです。今度もそうです。つまり、僕自身にもまだロマンチックが沢山《うんと》残ってます。自分の芸術から言えば出来るだけそれを排斥しなきゃいけない。しかしそれが出来ない！」

生活の「烈しい戦争の中で営まれ」ていった石川啄木における生と死のたたかい。そして、空想的、観念的な浪漫主義から脱却して、現実的で「確信のある思想」をつかみなおそうとする物心両面にわたる啄木の格闘は、引き続き展開されていった。

(2)「予の文学は予の敵だ」

一九〇九（明治四二）年、啄木は現在風な満年齢でいえば二三歳。啄木は一月一日の日記に、次のような一節を書きつけている。

「予は一人室に籠って北海の母に長い手紙をしたためた。予はその手紙に、今年が予の一生にとって最も大事な年——一生の生活の基礎を作るべき年であるとかいた。そして正月の小遣い二円だけ封じた」

啄木が、一年のはじめにあたって決意をし予感したように、新しい年は啄木の生涯において「最も大事な年」になっていく。

啄木のすぐれた資質のひとつは、個人的な問題も常に現実的、全体的な状況とかかわらせながら、総体として問題をおさえていく思考だ。釧路から上京してからの啄木が、死への傾斜のなかにあっても、なおも生を見失わなかったその知性の強靭さは、同時にみずからの世界を外の世界・全体の状況につないでいく努力によってもいる。たとえば、啄木と親交していた太田正雄（木下杢《もく》太郎）に対して次のように書き送ったと、日記に記している。

「今の我々は平面な崖につきあたって路がつきたのだ、で、いかに行くべきかを研めんがために、まず、いかにしてここに来たれるか、今立つところはどこ、いかなるところなるかを研究してるのだ、君が、いかなる方に進むべきかを考えないでいると評するのは間違いだ、今の

作家はやはり時代の先頭に立ってるのだよ」（日記・二月一日）

啄木の、歴史に連なる知識人として先頭に立ち、時代をリアルに見極める責任があるとする自己認識は、のちの画期的な評論「時代閉塞の現状」への通路ともなっている。

これと同様の考えは、啄木がさいはての街釧路で迎えた「紀元節」の日の日記（一九〇八＝明治四一年二月十一日）にも、次のように書きとめられていた。

「今日は、大和民族という好戦種族が、九州から東の方大和に都していた蝦夷民族を侵撃して勝を制し、ついに日本嶋の中央を占領して、その酋長が帝位に即き、神武天皇と名告った記念の日だ」

ここでの核心は、啄木が太田正雄に述べたように、「いかにしてここに来たれるか」を国家にあてはめて考察している点にある。明治の絶対主義的天皇制が、神話との地続き上に無条件で歴史をつなげて作り上げた欺瞞的な国家像を、啄木は否定している。この視点に立てば、「万世一系」や「忠君愛国」のカラクリも見え透いてくるのである。啄木の時代認識や自己の立ち位置は、権力が押しつける空気にのみこまれることなく、この軸上において進んでいく。

啄木は、二月二四日になって、ようやく頼んでおいた『東京朝日新聞』への就職が決まり、三月一日から出社した。校正係で、夜勤手当も入れて一カ月三〇円以上ということで、啄木はひとまず安心した。しかし、前年以来の借金のため、給料は右から左にすぐに消えていった。函館にいる妻や子、母などを呼びよせることはとてもできなかった。

また、そんな状態におかれながらも、啄木は浪費生活を自制できないでいた。金があれば浅草を彷徨した。そして、その彷徨の刺激から醒めたときには、悲哀にとりかこまれ、時にまた死に近づいていこうとした。「今の作家の人生に対する態度は、理性——冷やかなる理性と感情とだ、意志が入っていない、／意力！　これだ」（日記・二月二一日）と啄木はいうが、それはそのまま啄木自身に向けられたものでもあった。啄木にこそ、意志と力——意力が求められていたのである。

啄木は、『東京毎日新聞』に連載した小説「鳥影」を大学館から出版してもらうよう、いろいろと運動したが、原稿を持ち込んでから一カ月ばかり経った三月三〇日に大学館へ行くと、二時間も待たされたうえに、原稿は返された。その印税を啄木はアテにしていたのだ。

「面当《つらあて》に死んでくれようか！　そんな自暴な考を起して出ると、すぐ前で電車線に人だかりがしている。犬が轢かれて生々しい血！　血まぶれの頭！　ああ助かった！　と予は思ってイヤーな気になった」

「京子の事母や妻の事が烈《はげ》しく思い出された。ああ三月も未だ。そしてアテにしていた大学館がはずれて、一文なしの月末！」（日記・三月三〇日）

これは、まったく「弱気のヒステリー」症状ともいえよう。このような矛盾と葛藤を丸ごと持ちながら、啄木は四月七日から七五日間にわたったローマ字日記を書きはじめる。

Hareta Sora ni susamaji Oto wo tatete,hagesii Nisikaze ga huki areta. Sangai no Mado to yū Mado wa Taema mo naku gata - gata naru, sono Sukima kara wa, haruka Sita kara tatinobotta Sunahokori ga sara - sara to hukikomu: sono kuse Sora ni tirabatta siroi Kumo wa titto mo ugokanu. Gogo ni natte Kaze wa yō – yō otituita.

晴れた空にすさまじい音をたてて、激しい西風が吹き荒れた。三階の窓という窓は絶間もなくガタガタ鳴る。その透間からは、はるか下から立ち昇った砂ほこりがサラサラ吹き込む。そのくせ空に散らばった白い雲はちっとも動かぬ。午後になって風はようよう落ちついた。

「本郷区森川町一番地新坂三五九号蓋平館別荘にて」と頭書きした啄木のローマ字日記は、四月七日のこの一文からはじまる。この書き出しに深い思想的意味はない。しかし、よく読むと、ローマ字日記の世界を含め、啄木が一九〇九（明治四二）年の一月元日の日記で、「今年が予の一生にとって最も大事な年」といった、啄木の思想と現実の厳しい相剋の世界を象徴しているように私には思える。

なぜローマ字日記を書きはじめたのか。これについて啄木は、ローマ字日記の最初の日に、「予は妻を愛してる。愛してるからこそこの日記を読ませたくないのだ」と書いているが、そのすぐあとで「しかしこれはうそだ！」と打ち消している。妻の節子は盛岡女学校を卒業していたからローマ字が読めないことはない。書く以上は、「愛している」妻が読むことを予期しなければならない。どうしても読ませたくなければ書かなければよかったのだ。にもかかわらずローマ字日記は書かれた。その真の理由を、啄木はどこにも明らかにしてはいない。しかし、ローマ字日記に至る啄木の物心両面の危機的状況が、ローマ字日記への必然を想像させる。

啄木は、自身のおかれた状況を自覚し、そこからの脱出にもがいた。そのためにはもっと深く鋭く、みずからの内部を掘り下げることが必要だと直感していたのだろう。ローマ字は一音ずつ書かねばならない。ごく短い一文節を書くにも、日本語のようにはいかない。書きながら思索を深め、安心して自己告発のできる世界、そこに一切の虚飾をはぎとった自己を解放していったとき、初めて活路があらわれるのではないか、と啄木は考えたのかもしれない。

啄木は、盛岡中学を中退して文学に志して以来、北海道漂泊の旅においても、上京後においても、「予が天職は遂に文学なりき。何をか惑い又何をか悩める。喰うの路さえあらば我は安んじて文芸のことに励むべきのみ、この道を外にして予が生存の意義なし目的なし奮励なし」（日記・一九〇七＝明治四〇年九月十九日）といった、強い自覚に立ってきた。

故郷渋民村を出て以来、あたかも「食を求めて北へ北へと走って行く」ごとき貧窮流離の生活にあって、啄木はなおも心耳を澄まして「思想と文学との両分野に跨《また》がって起こった著明な新らしい運動の声」（「食ふべき詩」）を聞いていた。浪漫主義に代わって自然主義が登場してきた。

「海氷る御国のはてまでも流れあるき候う末、いかにしても今一度、是非に今一度、東京に出て自らの文学的運命を極度まで試験せねばと決心しては矢も楯もたまらず、養わねばならぬ家族をも当分函館の友人に頼み置きて」上京したと、啄木は森鷗外宛ての手紙（一九〇八＝明治四一年五月七日）で書いている。

文学こそ己が「天職」とした啄木の自意識は、上京以来、崩壊の危機に瀕していた。「鳥影」の次に書いた「赤痢」は、『スバル』創刊号（一九〇九＝明治四二年一月）に発表されたが、成功作とはいえなかった。さらに次の「足跡」（『スバル』二号）は、見事な失敗作となった。啄木が十カ月間に書いた小説作品は八篇だが、このうち売れたのは「鳥影」六〇円のみだった。

「時々、津軽の海のかなたにいる母や妻《さい》のことが浮かんで予の心をかすめた。「春が来た、四月になった。春！　春！　花も咲く！　東京へ来てもう一年だ！………が、予はまだ予の家族を呼びよせて養う準備ができぬ！」」「美しい着物を着た美しい人がゾロゾロと行く。春だ！そう予は思った。そして、妻のこと、可愛い京子のことを思いうかべた。四月までにきっと呼び寄せる、そう予は言っていた。そして呼ばなかった、否、呼びかねた。おお、予の文学は予の敵だ、そして予の哲学は予のみずからあざける論理に過ぎぬ！」（ローマ字日記・四月七日）

ここには、『釧路新聞』に書いた「卓上一枝」でその破綻を表明し、放棄したと思われた啄木の「一元二面観」がいまだ息をしていた。その一面を支えていた自己拡張の天才意識や文学天職論にすがりつくようにして、一本足で立っているような、啄木の凄惨な姿があった。

かって桑原武夫は、啄木のローマ字日記は「日本の日記文学中の最高峰」であり、「日本近代文学の誇りとして、最高傑作の一つに数えこまねばならない」と激賞した。しかし、そのローマ字日記の世界では、崩壊の危機に立つ啄木の文学に対する自意識と、家族の生活に対する責任の自覚とが激突し、血しぶきを上げていた。ローマ字日記には、啄木の深刻な矛盾と苦悩が余すところなく描かれている。そこに描かれた世界は、誠実であるがゆえに一層傷ましく、美しいがゆえに、さらに悲惨だった、

「いくらかの金のある時、予は何のためろうことなく、かの、みだらな声に満ちた、狭い、きたない町に行った。予は去年の秋から今までに、およそ十三―四回も行った、そして十人ば

かりの淫売婦を買った。ミツ、マサ、キヨ、ミネ、ツユ、ハナ、アキ……名を忘れたのもある。予の求めたのは暖かい、柔らかい、真白な身体だ。身体も心もとろけるような楽しみだ」（ローマ字日記・四月十日）

この日の日記に、啄木はまた次のような詩を書きつけている。

死だ！　死だ！　私の願いはこれ
たった一つだ！　ああ！
あっ、あっ、ほんとに殺すのか？　待ってくれ、
ありがたい神様、あ、ちょっと！
ほんの少し、パンを買うだけだ、五―五―五銭でもいい！
殺すくらいのお慈悲があるなら！

啄木は生きたかったのである。できれば、あらゆる責任から解放されて、自由に生きたかった。しかし、そのような「自由」がありえようはずはない。それゆえに、いっそう啄木はロー

マ字日記の世界で〝先鋭〟になっていった、

「現在の夫婦制度——すべての社会制度は間違いだらけだ。予はなぜ親や妻や子のために束縛されねばならぬか？　しかしそれは予が親や節子や京子を愛してる事実とはおのずから別問題だ」（日記・四月十五日）

「泣きたい！　真に泣きたい！

「断然文学を止めよう。」と一人で言ってみた。

「止めて、どうする？　何をする？」

「Death」と答えるほかないのだ」（日記・四月十七日）

「とにかく問題は一つだ。いかにして生活の責任の重さを感じないようになろうか？——これだ」（同）

「金を自分が持つか、しからずんば、責任を解除してもらうか、二つに一つ。おそらく、予は死ぬまでこの問題をしょって行かねばならぬだろう！」（同）

やや引用が長くなったが、ここにローマ字日記の中心テーマが明瞭にあらわれている。

啄木が、自問自答しているように、文学を「天職」とする啄木が文学を放棄することは、死を意味する。しかし、その死は啄木だけにとどまらない。啄木には、啄木だけを頼りにして、ひたすら一緒に暮らせる日を待ち続けている家族の生活とそれへの責任があった。死ぬのがイヤなら、生きて家族の生活に責任を負うよりほかはない。この二者は、越えがたい矛盾の深淵として啄木の前に横たわる。この状況こそが、文学を「天職」とする啄木の自意識―天才意識の無惨な崩壊をまざまざと示している。

しかし啄木は、この崩壊を認めない。この深渕をどう乗り越えるのか、あるいは屈服するのか――。啄木はこの二つの極をゆきつ戻りつしつつ、その苦悩の吐け口を、「かの、みだらな声に満ちた」浅草十二階下に求めた。だが、そこで啄木がもとめた「身体も心もとろけるような楽しみ」は、薬にもならなかっただけでなく、「強き刺激を求むるイライラした心は、その刺激を受けつつある時でも予の心を去らなかった」（四月十日）と告白せざるを得なかった。

啄木は必死にたたかった。「限りなき絶望の闇が時々予の眼を暗くした。死のうという考えだけはなるべく寄せつけぬようにした」（五月八日）。そうした苦闘のなかの五月十四日、啄木は二度ばかりおびただしく血を吐いた。「女中はノボセのせいだろうと言った」と、啄木は軽く書いてあまり気にとめていないが、これはその後の死にいたる病の最初の兆候だった。

（3）「もはや傍観的態度なるものに満足することが」

啄木はローマ字日記で、文学思想上の注目すべき前進を見せている。自然主義批判である。

「時代の推し移りだ！　自然主義は初め我らの最も熱心に求めた哲学であったことは争われない。が、いつしか我らはその理論上の矛盾を見出した。そしてその矛盾を突っ越して我らの進んだ時、我らの手にある剣は自然主義の剣ではなくなっていた。――少なくも予一人は、もはや傍観的態度なるものに満足することができなくなってきた。（中略）作家は批評家でなければならぬ。でなければ、人生の改革者でなければならぬ。（中略）

予の到達した積極的自然主義は、すなわちまた新理想主義である。理想という言葉を我らは長い間侮辱してきた。実際またかって我らの抱いていたような理想は、我らの発見したごとく、哀れな空想に過ぎなかった。「ライフ・イリュージョン」に過ぎなかった。しかし、我らは生きている。また、生きねばならぬ。あらゆるものを破壊しつくして新たに我ら手づから樹てたこの理想は、もはや哀れな空想ではない」（一九〇九＝明治四二年四月十日）

ここで啄木は、釧路で書いた評論「卓上一枝」の延長線上に、自然主義論を展開している。啄木は、雑誌『太陽』（一九〇八＝明治四一年一月号）に載った長谷川天渓の評論「現実暴露の悲哀」に触発されて「卓上一枝」を書いた。啄木はいう。「ライフイリュージョン」（生活幻像）という言葉は、時として「希望と称せられ理想と命名」されるが、内容はきわめて不確実で、外面の美名だけを飾るものである。この生活幻像の一切が剝落したとき、「人は現実暴露の悲哀に陥る。現実暴露の悲哀は涙なき悲哀なり」とした。啄木はみずからの北海道流離の旅をふり返りながら、長谷川天渓の所論を肯定している。しかし、「吾人《ごじん》（われわれ：引用者）は自然派の小説を読むごとに一種の不安を禁ずる能《あた》わず。この不安はすなわち現実暴露の悲哀なり。自然主義は自意識の発達せる結果として生れたり。しかしてその吾人に教訓するところは唯一あるのみ。いわく、「どうにか成る。」「成る様に成る。」」（「卓上一枝」）

「卓上一枝」での啄木は、自然主義の「現実暴露の悲哀」に共感を示しつつも、自然主義が結局のところ、「どうにか成る」「成る様に成る」といった虚無的なところにとどまっていることに不安を感じていた。その啄木が、ローマ字日記の段階では、自然主義の成り行きまかせの虚無性を、明確に「傍観的態度」として批判し、「作家は批評家でなければならぬ」と強調している。

煉獄のようなローマ字日記の世界で、啄木は、「我らは生きている」という現実的視点から、自然主義批判を一歩進めたのだった。この地点は、やがて評論「きれぎれに心に浮かんだ感じと回想」「時代閉塞の現状」へとつながっていくのである。

「今日、予には五厘銅貨一枚しかない。しかしそれが何だ？　ナンセンスだ！（中略）予はインクとGペンで書かねばならぬ！　それだけだ。ああ、焼けつく夏と緑の戦い！」（ローマ字日記・四月二一日）

ローマ字日記は、宮崎郁雨とともに函館から家族が上京してきた六月十六日で終わっている。

漂泊《ひょうはく》の愁《うれ》ひを叙《じょ》して成らざりし
草稿《そうこう》の字の
読みがたさかな

この歌は後年の回想であるが、「成らざりし」と歌った啄木の脳裏には、書いても書いても金にならなかった日々のことが、鮮やかによみがえっていたに違いない。

この一首の解説は、「漂泊の身の悲しみを書いて、纏めることができなかった小説の草稿のなんと読みにくいことよ」（岩城之徳『石川啄木』近代文学注釈大系、有精堂出版）とされている。しかし、「なんと読みにくいことよ」では、啄木の思いにはまだ距離があるように感ずる。

私は、この歌を読むたびに、啄木が生死の危機のなかを彷徨していた一九〇八（明治四一）年夏の日記の一節を思い出す。

「古い日誌を取り出して、枕の上で読む。五行か十行読むと、もう悲しさが胸一杯に迫ってきて、日誌を投げ出しては目を瞑った。こんな悲しいことがあろうか。読んでは泣き、泣いては読み、これではならぬと立って卓子に向かった。やがて心が暗くなってしまって、ペンを投じて、横になって日誌を読んだ。かくすること何回かにしてこの一日は暮れた」（日記・七月二〇日）

「草稿の字」の「読みがたさ」とは、文字の単純な読みにくさではあるまい。日記・小説原稿を含めた「草稿」を読むたびに、修羅を生き続けてきているみずからと、家族の生活を思い、涙で読めなくなったという、青年啄木の実感なのである。

（4）予の心に起こった一種の革命

ローマ字日記で啄木が、「予の心に起こった一種の革命」といった「心の革命」についてふれておきたい。啄木研究では手薄のように思えるからだ。

ローマ字日記の冒頭に近い部分で、啄木は次のようにいっている。

「去年の暮から予の心に起こった一種の革命は、非常な勢いで進行した。予はこの百日の間を、これという敵は眼の前にいなかったにかかわらず、常に武装して過ごした」（ローマ字日記・四月十日）

啄木がここで、「武装して過ごした」とか、「心に起こった一種の革命」と、言葉を強めているのは、いったい何を指すのだろうか。この「心の革命」について、啄木にまとまった評論はない。この問題を解明する中心的な資料は、日記と書簡だけである。啄木のいう「百日間」を、少し幅広くとって、一九〇八（明治四一）年十二月から一九〇九（明治四二）年三月までと、現に進行中の「ローマ字日記」の時点を加えて、その間の日記・書簡を中心に検討してみる。

「心の革命」についての結論を先にいえば、それは啄木における「弱き心の所産」（「巻煙草」一九一〇＝明治四三年一月一日）としての『明星』浪漫主義との決別だった。

与謝野鉄幹が創刊し、明治の文壇に新しい風を吹きこんだ『明星』は、一九〇八（明治四一）年十一月に第一〇〇号をもって終刊した。発行元の東京新詩社では、その後継誌『スバル』の創刊をめぐっては曲折した論議があり、啄木もそれに深くかかわった。結局、平野万里、吉井勇、啄木の三人が交替で編集に当たることになり、一九〇九（明治四二）年一月に『スバル』が創刊された。創刊号は平野万里、第二号は啄木、第三号は吉井勇の予定が結局、太田正雄（木下杢太郎）の肩代わりとなり、吉井勇は第四号を担当した。

啄木の「弱き心の所産」へのたたかいは、『スバル』創刊前後から第四号あたりの期間にあたる。『明星』的観念世界から脱し切れない問題や、文学、人生に対する態度の甘さなどをめぐって、吉井勇や平野万里、太田正雄などと「心闘」の火ぶたが切られていった。

啄木にとっての「敵」は、「百日」以前にも意識されていた。たとえば、「夜、〝哄笑〟というのを書こうと思って、太田は警鐘、吉井は風船、北原は色硝子、平野は埋火という綽名《あだな》をつけた」（日記・一九〇八＝明治四一年十一月十二日）という一節はその一例だ。この「綽名」はなかなか的を射ている。啄木にとってのたたかいの標的は、すでに明確なイメージをもって登場していた。当初は肯定的で親愛的であった友人たちは、啄木の「心の革命」で、つぎつぎに否定され、超克されていった。

「平野は哀れな夢想家である」（日記・一九〇九＝明治四二年一月二日）

「この人には文学はわからぬ。人生もわからぬ」（日記・一月三日）

「吉井の話はその五分の一だけ事実だ——常に」（日記・一月十七日）

「ああ、吉井はモウドン底におちた！　もがけ、もがけ、そして上がれ！」（日記・三月六日）

「予は近頃実に吉井がイヤになった」（日記・三月十一日）

「太田と俺の取り引きは案外早く終わってしまった。

「二元、二元、なほ説き得ずば三元を樹つる意気ごみ、賢き友かな」

私はこの歌をつくる時誰を思い浮かべたと思います？　上田さん（上田敏：引用者）と、それから太田君です。まだこのほかにも太田に対する思想上の絶交状を意味する歌を三つ四つつくりましたよ」（日記の中で金田一京助宛・四月二四日）

と見立ててたたかった。

啄木はこうして、同世代のすぐれた個性をもった東京新詩社浪漫主義の担い手たちを、「敵」と見立ててたたかった。

宮崎郁雨宛三月三日付書簡は、吉井との第一戦を制し、次に、「殺してしまいたい位に怒っていた」平野との第二戦を制した段階で書かれたものだが、その心情をリアルに伝えていておもしろい。太田との第三戦は、「思想上の絶縁状」でつき放した。

啄木は「ローマ字日記」で、もう敵がいなくなったので、「がっかりしてしまった」と告げているが、本当はもう一人、番外のライバル北原白秋がいた。しかし啄木は、白秋に対しては、早ばやと脱帽してしまっていた。「武装して過した」「百日間」の直前に当たる日記（一九〇八＝明治四一年十二月十一日）に、白秋が啄木を訪ねてきたことが記されているが、そこに、幼いときから「南国的な色彩の豊かな故郷」に育った白秋との「戦は境遇のために勝敗早くついた。予は敗けた」と書いている。二人のあいだの勝敗は決まったが、それは、天分、才能の問題ではなく、「境遇のため」だったとしている。この言葉には、啄木が「予は敗けた」と言いながら、詩人としての資質において劣るのではないとする、啄木の強い自負が滲んでいる。白秋の処女詩集『邪宗門』が刊行されたのは、三カ月後の一九〇九（明治四二）年の三月だった。

啄木の「武装した百日間」における「心の革命」は、文学の理念の問題、人間としてどう生きるかという問題と、新しい哲学としての自然主義の吟味をからませたものだった。「武装」した啄木の「武器」は、そうした問題意識だった。「ローマ字日記」の時代の啄木は、小説「鳥影」の出版がうまくいかなかったり、みずからの生活苦や北海道の家族への責任などの苦悩にあって、絶え間なく死の誘惑にもさらされていた。それらともたたかいながら生きていったことを思うと、「死」もまた、「武装した百日間」の重要な武器だったというべきかもしれない。

啄木は、「鉄のような心」（日記・一九〇九＝明治四二年四月四日、四月十日）で、「心の革命」を遂行しようとした。のりこえるべき敵は、みずからの文学と思想でもあった。

さいはての街釧路にいたときの啄木は、人生観としての自然主義にその権威を期待していた。しかし、啄木は自然主義をマルのみにしたのではなかった。明治の絶対主義的天皇制のもとで、日本の自然主義は変質を強いられていったが、そこから生まれる自然主義の矛盾に、啄木は目を光らせていた。啄木はいう。

「作家の人生に対する態度は、傍観ではいけぬ。作家は批評家でなければならぬ。でなければ、人生の改革者でなければならぬ」（日記・四月十日）

啄木は、自然主義に、傍観による消極の姿を見出した。啄木は「積極的自然主義」を強調した。また自然主義が、「理想はいかに崇高なるもの、畢竟するに一人あるいは少数の人々が抽象的作用によりて作りたる小主観のみ」（『長谷川天渓評論集』「現実暴露の悲哀」岩波文庫一〇四頁）という理屈で、「理想を放棄」し、「理想という言葉を侮辱してきた」ことを批判し、「積極的自然主義は、すなわちまた新理想主義」であると強調した。

こうして、啄木における「哲学としての自然主義は、その時『消極的』の本丸を捨てて、『積極的』の広い野原へ突貫した」（日記・四月十日）のである。やがてこの「広い野原」の先で、啄木は「生活の発見」をし、評論「時代閉塞の現状」の世界を展開していくことになる。

「弱き心の所産」である観念的な浪漫主義の圏外に出ていくということは、啄木の自負してきた「一元二面観」の観念世界からも脱却し、人間の生活現実に、目も足もあらたに据え直すことを意味した。啄木の「心の革命」は、その文学や人生態度を、観念主義から現実主義の方向へと面舵《おもかじ》を切ることを意味していた。「ローマ字日記」の世界の言葉と表現を、「武装した百日」以前の日記とくらべれば、そのリアルさに大きな違いが生まれていることがわかる。

次に、「武装した百日」以前の歌（A）と、以後のもの（B）をあげてみる。相違は明らかだ。（B）は、まさしく啄木が本領とした『一握の砂』の世界であり、（A）はそれ以前の、啄木の決別した世界である。

（A）　明治四十一年歌稿ノート「暇ナ時」より。

手に手とる時忘れたる我ありて君に肖《に》ざりし子を思出づ（六月十四日）
われ死なむかく幾度かくりかへしさめたる恋を弄《もてあそ》ぶ人（前同）
日もすがらほほゑむ人と夜もすがらよく泣く人と二人娶らむ（十月十日千駄ヶ谷徹夜会）
ほこりかに人に語りて恥《はじ》とせぬ浅き恋をも見習ふものか（前同）

（B）「ローマ字日記」（一九〇九＝明治四二年四月十一日）より。

家を出て、野越え、山越え、海越えて、あわれ、どこにか行かんと思う。
ためらわずその手取りしに驚きて逃げたる女再び帰らず。
君が眼は万年筆の仕掛にや、絶えず涙を流していたもう。
青草《あおぐさ》の土手にねころび、楽隊の遠き響きを大空から聞く。

「弱き心」の時代に啄木を支配していた哲学は、いうまでもなく「一元二面観」だった。この二つは、異なるあらわれをもちながら、共通して観念世界に住んでいた。それは、啄木の思想、とりわけ社会主義への隘路《あいろ》をなすものだった。この二つの問題は、同時的ではなかったが、啄木が現実生活と苦闘するなかで克服し、揚棄してきた。だがそれで、現実的諸問題が解決へ進んだわけではなかった。啄木が「心の革命」を経たとしたその年の秋には、妻の家出事件が起こり、のっぴきならない生活現実によって、またも啄木は痛烈に撃たれることになる。

「ドン底におちた！　もがけ、もがけ」と、かつて「心の革命」で吉井勇に投げつけた言葉が、そのまま啄木にふりかかってきた。だが啄木は、その苦しみのなかから立ち上がった。〝武器〟は何もなかった。「赤手空拳」（小説断片「島田君の書簡」）のたたかいのなかで、啄木は「生活の発見」をし、国家のいかがわしさに、鋭い目を向けていくことになる。

第3章　妻に捨てられた夫の苦しみ
——生活の発見へ——

（1）「僕の思想は急激に変化した」——妻の家出

一九〇九（明治四二）年三月一日、啄木はようやく『朝日新聞』の校正係としての職を得て勤めはじめた。夜間手当てを含め三十円ということだった。啄木は、「これで予の東京生活の基礎が出来た！　暗き十ヶ月の後の今夜のビールはうまかった」と『朝日新聞』の校正の仕事がほぼ決まった二月二十四日の日記に書いている。啄木は就職のしらせを、母と妻宛にも送った。「母は三月になったら何が何でも一人上京すると言って来た」（日記・二月二七日）

しかし、一家を迎え入れる経済的条件はまだ整っていなかった。なにより一家が暮らす家を確保する金がない。くわえて、現在住んでいる蓋平館を出るには、溜まりに溜まった借金を払わなければならない。ローマ字日記を書きはじめて十日目頃の四月十三日に、「老いたる母から悲しき手紙がきた。——」。その終わり部分を引用する。

「しがつ二かよりきょうこかぜをひき、いまだなおらず、（せつこは）あさ八じで、五じか六（じ）かまでかえらず（節子は、函館市内の宝小学校の代用教員として働いていた：引用者）。おっかさんとなかれ、なんともこまります。それにいまはこづかいなし。いちえんでもよろしくそろ。なんとかはやくおくりくなされたくねがいます。おまえのつごうはなんにちごろよびくださるか？

ぜひしらせてくれよ。へんじなきと（き）はこちらしまい、みなまいりますからそのしたくなされませ。はこだてにおられませんから、これだけもうしあげまいらせそろ。かしこ。

しがつ九か。　かつより。

いしかわさま。」

「ヨボヨボした平仮名の、仮名違いだらけな母の手紙！　予でなければ何人《なんぴと》といえどもこの手紙を読み得る人はあるまい！（中略）東京に出てからの五本目の手紙が今日きたのだ。初めの頃からみると間違いも少ないし、字もうまくなってきた。それが悲しい！　あゝ！　母の手紙！」（ローマ字日記・四月十三日）

家族を迎えるという現実的な問題を前にして、すでに述べてきた「文学思想上の傾向もあって、自虐的生活を送り、浅草の娼妓の許に遊ぶ」（岩城之徳「伝記的年譜」）といった状態に、啄木はおちていた。

一九〇九（明治四二）年六月十六日、函館の母や妻子が宮崎郁雨に伴なわれて上京してきた。郁雨が送ってくれた十五円で借りた本郷弓町二丁目十八番地新井方、床屋「喜之床」の二階二間に落ち着いた。これまで住んでいた蓋平館の一一九円の借金は、金田一京助の保証で毎月十円ずつの月賦返済で話はついたものの、新聞社からの給料は前借りしていたから、一家の生活は立ちどころに苦しくなった。六月の「晦日は一文なし」（郁雨宛・七月九日）となってしまった。

月が変わって七月一日、啄木は早速社から二五円の前借りをする。米を買い、小口の借金を払い、質に入れていた友人の時計を質から出し、医者の払いなどしたら、もう二五円はなくなってしまった。「下では今月分の家賃を前払いにしてくれという。米はまだ三四日あるが、炭は明日から無いとよ。イヤになっちゃった」（郁雨宛前掲書簡）

啄木は、郁雨に実情を訴えて二〇円の送金を頼んだ。郁雨は急場をしのぐために二〇円を用立てた。啄木思いで誠実な宮崎郁雨に助けられ、啄木一家は息をつく。

臨時の大口の収入でもなければ、このパターンは基本的に変わりようがない。離ればなれの一家がようやくまとまって生活ができるようになったからといって、一家の窮乏はいささかも変わらなかった。さらに、北海道時代から確執を深めてきた病身の妻節子と母との感情的な対立は、生活の土台が危機的にゆらぐなかで、ますますひどくなっていった。啄木は、ものを書こうにも書けない状況におとし込まれた。

一家が上京してきてから啄木は、ローマ字日記だけでなく日記そのものをつけていない。のちに述べるように、十月に入って妻節子の家出事件が起こるが、真夏をはさんだこの二カ月半に啄木が書いたものは、ごくわずかだ。手紙好きな啄木がわずか四通しか書いていない。『岩手日報』掲載の「百回通信」をのぞけば、評論・感想としてまとまったものは、『函館日日新聞』に七月二五日から八月五日までの九回連載のエッセイ「汗に濡れつゝ」ぐらいだ。「氷屋の旗」「一日中の楽しい時刻」の二篇は、ごく短いエッセイで、八月三一日と九月二四日に『東京毎日新聞』に掲載された。したがって、この当時の啄木一家の生活実態を十分にはとらえられない。しかし、わずかなエッセイからでも、啄木のおおよその思想状況はうかがうことができるように思う。

「汗に濡れつゝ」の前半は、啄木自身の弛緩と停滞があらわれているが、終盤の函館の大森浜を回想した部分にはさすがに感情がこもっている。「白兵戦の様な都会生活の中に、汗にまみれて寝転びながら、海と山とを思う男の心にも否《いな》み難き人生の冷たさがある――」としながら、「海が恋しい――これは予の浪漫的《ロマンチック》である」と述べ、「予もまた予の浪漫的を笑わねばならぬ。投げ捨てねばならぬと思う。(略)が唯《ただ》思うだけである。悲しいかな唯思うだけである」。啄木は、荒あらしい北国の空気の漂う海の匂いや、「霊魂《たましい》」の土台まで揺さぶられるような浪の音、「力ある「海」の言葉」を想起しながら、みずからの内部に巣食う、現実の、「人生の真面目」を「直視するに堪えない」ところの浪漫主義の弱さを鋭く凝視している。

「氷屋の旗」では、風もない炎天の下に、死んだようにうなだれている氷屋の旗の、「赤い縁だけが、手が触わったら焼けそうに思われるまで燃えている」のを見ながら、「恰《あたか》もその氷屋の旗が、何かしらしようしようと焦心《あせ》りながら、何もせずにいる自分の現在の精神の姿の様にも思われた」ことを書いている。七百字に満たない短いものである。

「一日中の楽しき時刻」は、「氷屋の旗」よりもさらに百字ほど短いもので、本郷弓町「喜之床」での生活の一断面を伝えている。啄木は、「何か知ら非常に急がしき事の起り来ることを待設《まちもう》くる様《さま》の気持にて、その日その日を意気地なく送りおり候」とその心境を述べ、そうしたなかでも楽しい時刻が三つあるといっている。ひとつは、毎朝、東京や地方を合わせて五種の新聞を読む時間、二つには、「心身共に初めて自由を得たるごとく」心の落ちつく「雪隠《はばかり》に入っている時間」、三つは、さまざまの人の顔と乗り合わせる毎日の電車の往復の時間だという。

その日暮らしの生活で五種類もの新聞を読んでいるとは驚く。また、他者に対する関心を高い目線からでなく、親しみを込めて論評し、生活する者への連帯が滲みでているような表現は、それまで啄木が書いたものには見られない点だ。しかし全体として（新聞をのぞけば）、いずれも貧しい啄木の、金のかからない「自由な時間」であることに痛ましい思いさえする。

解けがたき
不和のあひだに身を処《しょ》して

ひとりかなしく今日も怒《いか》れり。

死後に出された歌集『悲しき玩具』に収められた一首だ。啄木は、宮崎郁雨の親身な協力によって離散していた家族とようやくひとつ屋根のもとに暮らすようになった。だが、すでに述べたように、この新しい生活は、啄木をいっそう苦しめることになった。「解けがたき」の歌は、このときから二年ほどあとに作られた作品である。おそらく、妻と母との問題で身を処す術もなかった啄木の怒りは、本郷弓町の時代から翌々年の一九一一（明治四四）年八月七日に転居した小石川久堅町七四ノ四六号の家まで引き続き、さらに啄木の死の一カ月前の母の死（一九一二＝明治四五年三月七日）まで続いていったのだろう。

一九〇九（明治四二）年十月二日、啄木の妻節子は、ついに娘京子をつれて無断で盛岡の実家に帰ってしまう。次の一通の書き置きが残されていた。「私故に親孝行のあなたをしてお母様に背かしめるのが悲しい。私は私の愛を犠牲にして身を退くから、どうかお母様の孝養を全うして下さる様に」。伝記上「妻の家出事件」と呼ばれる妻のこの家出は、啄木に大きな衝撃を与えた。

妻節子が家出の前後の心理をつづった十通の手紙が、岩城之徳『石川啄木伝』（一九八五年六月二五日、筑摩書房）に収録されている。それより四通を紹介しておきたい。

第一通は、家族を函館に残して、啄木が最後の上京をした四カ月後、節子が宮崎郁雨に送った一九〇八（明治四一）年八月二七日付の手紙より。

「（前略）私はわが夫を充分信じております。大才を持ちながらいたずらにうもれるゲサ（ゲーテのことか。岩城）のたぐいではないかと思うと何ともいわれません。世の悲しみのすべてをあつめてもこれ位かなしいことはないであろうと思います。古今を通じて名高い人の後には必ずえらい女があったことをおぼえております。

私は何位も自分をえらいなど、おこがましいことは申しませんが、でも啄木の非凡な才を持っていることは知っていますから今後充分発展してくれるようにと神かけていのっているのです。だから犠牲になる等いわれると何ともいわれず悲しくなるのです」

「私は啄木の母ですけれども大きらいです。ほんとにきかぬ気のえぢ《ママ》の悪いばあさんですから夫もみっちゃんもこまっていますのよ。こんなことは私両親にもいわれませんがね——」

次は、啄木の妻節子が上京後の葉書による第一信。一九〇九（明治四二）年六月十九日付。盛岡の妹堀合とき子と家内一同宛。節子たちは函館から盛岡の実家に立ち寄って上京している。

「上野についたのは七時半頃でした。(中略) こっちの停車場には四五人迎えに出てくれましてね。車で表記のところに参りました。理髪所の二階ですが六畳二間でたいそうよいところです。家賃は六円ですと。やっぱり盛岡のおっ母さんのところはよいのよ。これぞとピッタリするようところもこれなく候、まずはさようなら。くわしくは次便」

上京後の第二信は、妹堀合ふき子と孝子に宛てた一九〇九(明治四二)年七月五日付の手紙。

「――上京以来頭の痛まない日はない。(盛岡でもたいてい痛かったけれどもまぎれていたのだ) 今はまぎれるものはない。(中略) 元気はないし、ひどくやせ、かぎりなくねむかったり、かぎりなく目がさめて、ねむれなかったりする。多分神経衰弱だろう。こればかりならまだいいが、右の胸が肩からあばらのところまで痛い。これはもう一週間にもなろう。一日まして強くなる。呼吸するにもいたい、はじめは夜寝ると痛かった、少しだから気にもしなかったが、今はよほどくるしい」

「京子、(中略) 手もつけられないきかんぼうです。あばれるので何も書かれないというて〔啄木が、の意〕にがい顔ばかりするし、おっ母さんはお二人にお渡し申すつもりで来たからというて少しも見てはくれないし、しかたなしに外を〔へ〕つれてだましています。私には少しもひまがない、ほんとうにかみ結うひまさえ得ることの出来ないあわれな女だ。宮崎の兄さん

〔郁雨のこと：引用者〕はよく知っている。不幸な女だというて深〔親〕身の同情をよせてくれる。内の〔啄木の〕お母さんくらいえぢ《ママ》のある人はおそらく天下に二人とあるまいと思う。こんなことあまりかくまい。ただ皆さんに心配させるばかりだ」

最後の引用は、家出事件が一応おさまって、啄木の妻節子が、ふたたび啄木のもとに帰ってきた直後の一九〇九（明治四二）年十一月二日付の、妹ふき子宛の手紙。

「——私がいないあとでたいそうお母さんを〔啄木がその母を〕いじめたさうです。そして家事すべては私がする事になりました。六十三にもなる年よりが何もかもガシヤマス〔掻きまわす意〕からおもしろくないというておこったそうです。おっ母さんはもう閉口してよわりきっていますから、何も小言なんかいいません。くわしいことはいつか兄さん〔郁雨：引用者〕に書こうと思います」

以上は、『石川啄木伝』に収録されている十通の手紙のうちの四通で、しかも抜き書き的なものだが、それでも、節子の函館時代と本郷弓町での生活とのあいだにある啄木に寄せる愛情の落差や、啄木の母かつに対する埋めがたい憎しみの感情などがリアルにうかがえる。

かつて、みずからは函館の妻に送るべき金も送らずに、女を求めて浅草の紅灯の巷に彷徨していた啄木であった。しかしながら、自分の妻に対しては、みずからへの信頼を絶対と確信し、「服従」を自明のこととして、それへの疑いはみじんももたなかったのだった。

妻の家出事件は、啄木のこうした封建的な家父長意識と、家族の生活に対する負うべき責任からの逃避、さらに、それを合理化するところの啄木の文学「天職」論、天才論の自我意識への痛切な批判であり、節子のせいいっぱいの抵抗でもあった。

啄木は、怒りつつ、狼狽《ろうばい》した。

「日暮れて社より帰り、泣き沈む六十三の老母を前にして妻の書置《かきおき》読み候う心地は、生涯忘れがたく候。昼は物食はで飢えを覚えず、夜は寝られぬ苦しさに飲みならわぬ酒飲み候。妻に捨てられたる夫の苦しみのかくばかりならんとは思い及ばぬことに候いき」

「私よりは、あらゆる自尊心を傷《きず》つくる言葉をもって再び帰り来らむことを頼みやり候。もし帰らぬと言ったら私は盛岡に行って殺さんとまで思い候き」（新渡戸《にとべ》仙岳宛・十月十日）

妻の家出直後の啄木の心情を伝える資料は少なく、啄木が高等小学校時代の恩師新渡戸仙岳に出したこの書簡は唯一といえる。

啄木はとまどい、困惑しながら、問題解決のために新渡戸仙岳がひと肌ぬぐことを巧みに「強要」している。啄木は、妻の家出の顛末と、自身の心情を切々として訴えながら、「もしこの上長くこのままにしておかれるようにては、その間に、私は自分で自分の心がどうなるか解らず候」などと、見方によっては当事者でもない恩師を脅迫しているようでもある。そして啄木は最後のところで、「右はくれぐれも万一道にて（節子に：引用者）お逢い遊ばすようのことあらばのことに御座候」といっているのだから、読んでいて苦笑してしまう。さすがの啄木も混乱しているのだ。

結局、この事件は、金田一京助や新渡戸仙岳の努力で、妻の節子が詫びて戻るという形をとって落着した。妻の節子と京子が啄木のもとに戻ってきたのは、家出して二四日目の十月二六日であった。

妻の家出事件は、家族の言語に絶するような生活苦の犠牲の上に、その文学の営みを築こうとしてきた啄木の、このような個人主義的自己充足の態度に対する鋭い警鐘だった。

啄木はのちにこの事件について、宮崎郁雨宛の手紙に、「僕の思想は急激に変化した。僕の心は隅から隅までもとの僕ではなくなったように思われた」（一九一〇＝明治四三年三月十三日）と書いている。これは、妻の家出事件によって啄木が受けた打撃の深刻さを物語っている。

敗れたのは、まさに啄木であった。

それは、啄木のよって立つ「文学天職論」の自意識や、家族の現実生活に対する無責任さにも痛打を与え、啄木は敗退した。聡明な啄木にこの警鐘が悟れないはずはなかった。啄木は、この敗退の地点から新しい歩みをはじめた。それは、啄木の思想と文学にとって画期的前進を切りひらくものとなった。

(2)「今日は五月一日なり、われらの日なり」――碌山「労働者」

「昨晩は失礼、今晩（朝の間違い：引用者）帰ってまいりました。御安心被下度候。明日から社にも出かけるつもりです。今日展覧会へ行ってきましたよ。／夕／はじめ」（金田一京助宛・一九〇九＝明治四二年十月二六日）

短い文章のうちにも、妻がふたたび自分のもとに戻ってきた、いかにもホッとした気持ち、解放感、そして、新しい生活への出発の決意が、久しぶりに啄木を生きいきと明るいものにしていることがうかがわれる。

啄木がここに書いている「展覧会」とは、上野で開かれていた第三回文部省展覧会（文展）のことである。ここでは彫刻の部で二等賞に入選した荻原碌山の「北条虎吉像」と「労働者」がともに話題を呼んでいた。一年前の第二回文展で碌山の「文覚」に出合って大きな感動を受けたことはすでに述べた。碌山作品との二度目の出合いである。

碌山の「労働者」は、右手の肘を右膝の上に支柱の様に立てながら、アゴを支えて腰かけている裸像で、現実感を重んじながらも構造的な美を追求したものだった。啄木はその感動を、当日会場で求めた「労働者」の絵ハガキに書いて再び金田一京助に送っている。

「いくら見ても飽きぬはこの男のツラに候。田中（王堂：引用者）氏の具象理想論に感服したる小生はこういうツラを見て一方に英気を養わねばならず候」（金田一京助宛・十一月八日）

碌山の「労働者」は、どことなく鈍重な表情をしているが、ガッチリと生活に根をおろし、なかなかのことではテコでも動きそうにない。それでいて、何か真剣なものが光っていて、「小賢しい世間智を嗤《わら》うような原始的な生活感情が感ぜられる」（森口多里『美術五十年史』）ものだった。啄木が「労働者」像の前で、その表情に吸い寄せられ、立ちつくしている様子がありありと浮かんでくる。そこには、啄木に決定的に欠けていたと思われるものが、迫真の力をもって形象化されていた。それは、まさしく「生活」だった。

啄木がこの彫刻を見ながら「英気を養わねば」と決意したのは、自己本位な生き方への反省と、家族への責任感にもとづく、まさに生活者としての新しい歩み出しの自覚だった。

話はややそれるが、この「労働者」像は、展覧会が終ったのちに、美意識にそぐわずとして、作者碌山によって両足の膝から下と、左肩から手首にかけてが切断されている。左膝の上に、左手の五本の指だけが残された。左腕と両膝下を切られた「労働者」は、今も荻原碌山の生地、長野県安曇野市穂高にある碌山美術館の庭に、啄木と会ったときのままの顔でいる。

「東洋のロダン」とも呼ばれた碌山は、『明星』時代の啄木の歌仲間だった高村光太郎（砕雨）と共に近代日本の彫刻の夜明けを切りひらいた。私が啄木と碌山との関係を初めて教えられたのは、一九六〇年代のはじめごろ、美術評論家の畏友林文雄からだった。そのころ、林文雄はすでに四百枚近い未完の評伝『荻原守衛』を書いており、私はその原稿を見せてもらった。以来、穂高の碌山美術館を何回となく訪れた。碌山の「労働者」はいつも変わらず遠い目をして日本アルプスの山脈を見ていた。

碌山は、フランス滞在時に「坑夫」「老いたる労働者」の二作を制作している。生まれ故郷で二〇歳すぎまで農民として懸命に働いてきた碌山は、労働や労働者が好きだった。碌山が帰国した日露戦争後の日本では、労働者たちが、広範な国民諸階層の生活を守るためにしばしばストライキを起こしていた。それらは、阻止を試みる経営者や、それに加担する警察、軍隊などが出動して労働者側と激突する烈しいものだった。碌山が第三回文展の出品作品のテーマに「労働者」を選んだのは、碌山にとっては当然のことだったろうと思う。

「自分は最初『労働者』に鶴嘴《つるはし》でももたせて立たせ、破壊というような題をつけようと考えたが、モデルの薄鈍《うすのろ》の性格に妨げられて、どうもそういう風な力が出そうもない。それで仕方がないから理屈ぬきにして薄鈍のままにするつもりでやった。世の中がどう変ろうが人がどうなろうがそんなことには何にも感じがない、神経の鈍い百姓が出ればそれでいいんだ――というような気持ちになって制作を進めている」（林文雄、前掲書より重引、二三五頁）

現代の感覚からすると、〝薄鈍〟という言葉からは、碌山が労働者を蔑んでいるように感じられるかもしれないが、碌山の意図は、労働者のたくましい生活力、それをつき進めるゆるぎなさにあったことを補足しておく。

同時に出品された碌山の「北条虎吉像」は二等に入選したが、「労働者」は入選せず、当時の批評は好評とはいえなかった。そうしたなか、啄木のみが碌山の制作意図を的確にとらえたのだった。

いつのころからか、私は「労働者」の顔を見るたびに、啄木の九連からなる詩「墓碑銘」（一九一一＝明治四四年六月十六日作）を思い出すようになった。この詩は、啄木が折あらば出版したいと考えて病床で作詩・編集した「詩稿ノート」『呼子と口笛』の中のものである。私は、この詩「墓碑銘」が好きだった。「墓碑銘」で表象された労働者は、その時代にはまだ姿を見せていなかった革命的で先駆的な労働者像だった。第七連と最後の第九連を引用する。

〝今日は五月一日なり、われらの日なり。〟
これかれのわれに遺したる最後の言葉なり。
その日の朝、われはかれの病を見舞ひ、

その日の夕、かれは遂に永き眠りに入れり。
（中略）
彼の遺骸は、一個の唯物論者として、
かの栗の木の下に葬られたり。
われら同志の撰びたる墓碑銘は左の如し、
‚われには何時にても起つことを得る準備あり。‘

「今日は五月一日なり、われらの日なり」と言い残した「墓碑銘」の労働者は、隊列の最先頭に立っていた。啄木の詩的イメージもそういうものだったろう。この詩を作るとき、啄木は第三回文展で出合った荻原碌山の「労働者」の表情を思い浮かべたのではなかったか、と思う。碌山の「労働者」は最後尾にいてたしかな足どりでついて来ている、と感じたのではないか。時代の逆流とたたかい、人間の真の解放のためにたたかう隊列には、先頭とともに最後尾も欠くことはできない。先頭と最後は一体で、それは同義語なのだ。連帯とはそういうものだろう。

啄木が詩「墓碑銘」を作ったとき、きっと碌山との思いをひとつにしたと思ったに違いない。私は穂高の碌山美術館の庭で、「労働者」に会うたびに、そんな思いを強くしてきた。

（3）「服従している理由についてもっと突っ込まなければ」

「私は漸くその危険なる状態から、脱することが出来ました。私の見た悪い夢はいかに長かったでしょう」（大島経男宛・一九一〇＝明治四三年一月九日）

そう告白した啄木の言葉にウソはなかった。啄木は、見ちがえるように元気をとり戻した。妻の家出という痛烈な批判を受けて、そこからの生き直しのように、啄木は精力的に評論活動を展開していった。

「食ふべき詩」（『東京毎日新聞』一九〇九＝明治四二年十一月三〇日より七回連載）
「きれぎれに心に浮んだ感じと回想」（『スバル』第一巻第十二号、明治四二年十二月一日）
「文学と政治」（『東京朝日新聞』十二月十九日より二回連載）
「一年間の回顧」（『スバル』第二巻第一号、一九一〇＝明治四三年一月一日）
「巻煙草」（『スバル』前同）
「性急《せっかち》な思想」（『東京毎日新聞』明治四三年二月十三日より三回連載）

これらのどれひとつをとっても、啄木の新しい顔と姿がうかがえる。生活をひたと凝視する、英知に満ちた啄木のあらたな表情だ。

啄木のこれらの諸評論の論点は多岐にわたるが、あえてキーワードをあげるとすれば、まさに「生活」ということになる。そして、「生活」をバネに「国家」が引き出されてくるのだ。ここでは、「食ふべき詩」と「きれぎれに心に浮んだ感じと回想」を中心にふれておきたい。

「食ふべき詩」は、「弓町より」と題した七回にわたる連載評論として、『東京毎日新聞』に十一月三〇日より十二月七日まで掲載された。この詩論は、啄木自身の詩と詩論の画期的な転換を示したものだった。

かつて観念と夢想の世界で、飾り立てた空虚な言葉の翼をもって気ままに飛翔しようとしていた啄木であった。しかし、「食ふべき詩」で啄木の詩と詩論は、生活感情を重視する地上の世界にひきおろされ、そこにあらたな文学の自立の基盤をつかもうとした。リアリズムの立場からの刮目すべき詩論だった。

啄木は、「食ふべき詩」の書き出しに当たる第一回、第二回のところで、自分の詩作上の態度を振り返りながら厳しい自己批判をしている。詩作での「慣用した空想化の手続きが、私のあらゆることに対する態度を侵し（中略）空想化することなしには何事も考えられぬようになっていた」と啄木はいう。そして二〇歳のとき、一家を養う責任が肩に落ちてきたにもかかわらず、空想化はその生活変動に対応できなかったばかりか、負うべき責任に対して「極度の卑却者」となった。「私の享《う》けた苦痛というものは（中略）当然一度は享《う》けねばならぬ性質のものであった」と真摯に反省している。「食ふべき詩」の核となるものがここで述べられている。

詩は地上におりて、詩人が現実生活者とならない限り、苦痛からの離脱はない、といっているのだ。啄木は「生活」というものに、表現と思想とを統一する機能と本質を見出した。詩と生活の一体化である。

「食ふべき詩」とは、と啄木はいう。

「両足を地面《じべた》に喰っ付けていて歌う詩ということである。実人生と何らの間隔なき心持ちをもって歌うといふ事である。珍味ないしは御馳走ではなく、我々の日常の食事の香の物のごとく、しかし我々に『必要』な詩ということである」

こうした立場から、今後の詩のあるべき方向にも明確な主張を展開している。

「我々の要求する詩は、現在の日本に生活し、現在の日本語を用い、現在の日本を了解しているところの日本人によって歌われた詩でなければならぬということである」（圏点＝啄木）

詩論「食ふべき詩」の白眉の部分である。詩と生活が統一され、詩人のもつべき歴史的現実まで含めて明晰に啄木は述べている。この詩論を源流として、プロレタリア詩運動も、生活派短歌運動も、やがて水脈を太らせていく。

啄木より十七年後に生まれた、プロレタリア文学運動の旗手小林多喜二が愛した言葉、「我々の芸術は飯を食えない人にとっての料理の本であってはならぬ」（一九三一年十一月十日、日本共産党への入党翌日に色紙に書き記した）とも深く重なりあうものである。

「きれぎれに心に浮んだ感じと回想」は、『スバル』第一巻第十一号（一九〇九＝明治四二年十二月）に掲載された。執筆時期は「食ふべき詩」とほとんど同時期と思われるが、内容的には「食ふべき詩」より一歩進んでいるところがある。啄木はこの評論で、自然主義に向けて厳しい批判を展開している。とくに、自然主義が、「国家」の問題を軽視していることに鋭い切り込みを見せている。

かつて『釧路新聞』に「卓上一枝」を書いたとき、啄木は、長谷川天渓の「現実暴露の悲哀」を肯定しつつも、その自然主義が「どうにか成る」「成る様に成る」といった虚無的、傍観者的態度にたちどまっていることを厳しく批判していた。

また、自然主義が現実と理想を図式的に対立させ、理想を排除してあるがままの現実を強調していたことに対しても、啄木はすでにローマ字日記（四月十日）で、「理想という言葉を我らは長い間侮辱してきた」が、人間が生きていて、また、生きていかなければならないとするなら、理想は「それなしには生きられぬのだ」と述べ、それは人間の深い「内部の要求」だと力を込めて書いていた。

現実から理想を排除した現実を、「在るが儘《まま》に見」ることで肯定し、「どうにか成る」「成る様に成る」という傍観者の立場に立てば、啄木が指摘するように、少しも「国家の存在と牴触する事がな」くなるのは当然である。これを啄木は、自然主義の現実逃避ととらえ、「胡麻化し」と批判した。そして自然主義が「一切の道徳的法則を破棄しなければならぬ」（長谷川天渓）と主張して戦ってきたとするならば、その「道徳の性質及び発達」を規定し促してきた「国家という組織」を抜きに考えるのは、自然主義の「極めて明白な誤謬」であり、「卑怯である」と明快に論断している。

「きれぎれに心に浮んだ感じと回想」でとりあげられている「国家」なり「旧道徳」なりを、絶対主義的天皇制や、それをイデオロギー的に支える、儒教道徳による教育勅語体制に置きかえてみれば、啄木の自然主義批判の鋭さが、実に生きいきと見えてくる。

啄木は好意的な印象をもっていた田山花袋に対しても、「きれぎれに心に浮んだ感じと回想」で批判している。花袋が、「自然主義を単に文芸上の問題として考えて見たい」と書いているのに対し、啄木は「そこに「或物」を回避した態度がないと言えない」と指摘する。啄木がここで「或物」というのは、実人生に対する花袋の「批評」態度の喪失を指している。「徹頭徹尾」「予は文学者なり」というワク組みのなかで、現実の人生とは常に一定の距離を置いて、

「文学者という職業を離れたる赤裸々な田山氏自身と人生との関係を不問に付して」いることに、啄木は「人としての卑怯」（傍点＝啄木）を見ていた。花袋のこの位置からは、「国家」なぞは視野に入ってこないはずなのだ。

「国家！　国家！

国家といふ問題は、今の一部の人達の考えているように、そんなに軽い問題であろうか？（啻《ただ》に国家という問題ばかりではない。）

（中略）

凡《すべ》ての人はもっと突っ込んで考えなければならぬ。今日国家に服従している人は、その服従している理由についてもっと突っ込まなければならぬ。又、従来の国家思想に不満足な人も、その不満足な理由について、もっと突っ込まなければならぬ」

「きれぎれに心に浮んだ感じと回想」の最後の部分である。そして、啄木は人に求めただけではなく、自分自身にも厳しく問うた。

「自分自身の昨日迄を省み、新聞、雑誌、著書等によって窺われる日本現代の思潮に鑑み、私は今特にこの一事を千倍万倍に誇張して言いたいような心持ちがする」と啄木は書いた。啄木はしっかり前進しようとしていた。

一九〇九（明治四二）年秋は、啄木の思想・文学にとって重要な転機となった。それは、妻の家出事件による深刻な体験を土台とした「生活の発見」であり、「国家」への開眼だった。そして、そこを回転軸に新しい地平へ再出発した。この再出発なしには、いかに俊敏な啄木といえども、「大逆事件」のもつ権力構造を解明し、評論「時代閉塞の現状」に迫ることは、極めて困難だったろうと思う。

誰よりもこの転換点を明晰に認識していたのは、ほかならぬ啄木自身だった。二三歳の青年啄木が書き残した一九〇九（明治四二）年の「一年間の回顧」の末尾の一節は、そのことを実に鮮明に感動的に伝えている。

「日本国民の新経験と新反省とを包含したところの時代の精神は、休みもせず、衰えもせず、時々刻々に進みかつ進んでいる。（中略）かれこれ考え合せて見て目を瞑《つぶ》ると、そこに私は遠く『将来の日本』の足音を聞く思いがする。私は勇躍して明治四十三年を迎えようと思う」

（4）「公今や亡焉《なし》」――啄木のナショナリズム

妻の家出事件の直後の十月五日から十一月二一日、啄木は『岩手日報』に「百回通信」を書いていた。合計二八回の連載である。その内容は、内外の政治・経済・社会・歴史・文化など多岐にわたっており、一流のジャーナリストをしのぐほどのものだった。

ちょうど妻の節子が、娘の京子と共に二四日ぶりに啄木のもとに帰ってきた日の十月二六日、伊藤博文がハルピン駅頭で安重根《アンジュングン》によって暗殺された。事件の報は、日本中を衝撃の渦に巻きこんだ。このニュースは、株式市場をも「震撼《しんかん》せしめて名状すべからざる混乱情態《ママ》に陥りために引跡《ひけあと》の気配は著しく暴落」（「東京朝日新聞」一九〇九＝明治四二年十月二七日）を引き起すほどだった。

啄木が校正係をしていた「朝日新聞」は、十月二七日第二面全面を「伊藤公殺さる」の記事で埋めたが（当時の一面は広告）、翌二八日は、ほとんど全紙面をあげて、「嗚呼《ああ》伊藤公爵／△秋風粛殺凶報を齎《もた》らす／△哀悼の声上下に満つ」を特集している。

啄木は連載中の「岩手日報」の「百回通信」のために、十月二七日朝十時に第十六回目を書いて送った。それが二日後の二九日に掲載された「伊藤公の訃」である。その一文は次の言葉でしめくくられている。

「◎公今や亡焉《なし》。われらはここにこと新しく公の功労を数うる程に公を軽視する能わず。公を知らざる者は日本人に非ず。しかり。公はかつてその八方美人的と決断なきとをもって、一部の批評家より批難せられき。しかれども明治の日本の今日ある、誰か公の生涯を一貫したる穏和なる進歩主義に負うところ、その最も多きにいるを否むものぞ」

「百回通信」での伊藤博文追悼は、第十七回、第十八回と続く。第十八回は、伊藤博文の国葬の日（十一月四日）の執筆で、追悼歌四首を掲げている。

啄木は、この年の五月の『スバル』（第一巻第五号）に、「莫復問《またとうなかれ》」六九首を発表してから、翌年三月十日に、「東京毎日新聞」に「手をとりし日」五首を発表するまでの約十カ月のあいだ、ほとんど短歌を作らなかった。ただ例外的に、前述のように十一月四日の「百回通信」に伊藤博文追悼の歌四首を、「東京毎日新聞」に「十一月四日の歌九首」を発表しているだけだ。三首のダブリがあるから結局十首を作ったことになる。このあと、歌を作らない四カ月がまた続くわけだから、十一月四日作の十首は異例といえる。

歌を離れていた啄木の心をゆすったのは、ほかならぬナショナリズムと、まだ残片として残っていた「弱き心の所産」としての浪漫主義だった。

夜をこめていたみ給へる大君《おおぎみ》の大御心《おおみこころ》もかしこかりけり
かず〲の悲しみの中の第一の悲しき事に会へるものかも

「百回通信」で発表されたものである。こうした歌を読むと、一年前の一九〇八（明治四一）

年の二月、釧路で迎えた「紀元節」二月十一日の日記に、「今日は、大和民族という好戦種族が、九州から東の方大和に都していた蝦夷民族を進撃して勝を制し、ついに日本嶋の中央を占領して、その酋長が帝位に即き神武天皇と名告った日だ」と書いた啄木とは、はなはだしい違和感をもつ。

啄木は三回にわたった「百回通信」での伊藤博文追悼の最後を、五首の追悼歌とそれに続けた次の言葉でしめくくっている。

「記し来りて弔砲の響き猶已まず。窓を開きて遥拝し、謹んでこの稿を終える。公よく瞑せよ。聖上の御軫念《しんねん》（天子が心を痛めること：引用者）しかく大に、各国元首またその代理をして葬典に列せしむ。国民の悼惜の情にいたりては河海と共に尽くるなし。われらまた不日公の墓畔を訪うて告ぐるところあらんとす。頓首」

総じて「百回通信」での啄木の三回にわたった伊藤博文追悼記は、明治国家による上からの統合的なナショナリズムの流れに沿ったものだった。この時期の啄木は、妻の家出事件が落着した直後で、啄木の思想と文学においての激動期だった。それゆえ、啄木のもつさまざまな矛盾が表出されもしたのだ。

「食ふべき詩」「きれぎれに心に浮んだ感じと回想」をはじめとする啄木の力作的評論は、

「百回通信」の連載が終わって十日後からはじまる。これらを通して読むと、この時期の啄木の思想の急激な転換と発展がわかる。たとえば、伊藤博文追悼記後に執筆した最初の評論「食ふべき詩」には、もはやナショナリズムの残光は認められない。

一九〇九（明治四二）年秋の啄木は、いってみれば「一元二面観」の観念哲学を脱し、「心の革命」を経て「生活の発見」をし、「国家」を視野に浮かばせながら、「大逆事件」の衝撃に立ち向かうための主体を形成しつつあったといえる。啄木の文学・思想は、大きく転換した。だがその過程で、啄木のナショナリズムが発光していたことは十分に注目しなければならない。

石川啄木の思想の発展は、ジグザグな経路をたどりながら、いわばらせん状の形をとっていった。浪漫主義から自然主義へ、そして社会主義思想の方向へと進む啄木の思想形成の過程で、ナショナルな意識がふき出したのは、少なくとも二度あった。

一度目は日露開戦の時期で、二度目が伊藤博文暗殺事件のときだ。ただ、ナショナリズムの発光時においても、啄木は醒めた部分をもち、そのベクトルはインターナショナルの方向を指していた。これは、啄木の思想がもつ矛盾である。

「明治三十六年は日本人がまるで気が狂ったような調子でロシアに対する戦争を主張した年であった」と、のちに啄木は苦々しく『無題』（執筆時不詳）の中で振り返っているが、日露戦争に対しては啄木もまた、「無邪気なる好戦国民の一人」（日記・一九〇八＝明治四一年九月十六日）だった。

啄木のワーグナー研究に大きな影響を与えた宗教学者の姉崎嘲風は、『太陽』（一九〇四＝明治三七年一月）に、「戦へ 大《おおい》に戦へ」という評論を揚げ、「一日も早く戦の端《ひらき》を開て先ず機先を制するがよい、（中略）彼れの備えなきに乗じて早く戦え」などと、露骨に開戦を煽動した。

啄木が、姉崎嘲風に手紙を送り、「『戦へ大に戦へ』の御高論、すぐる頃太陽一号にて拝見の栄をえ候。勇心禁ぜず。（中略）惰眠を貪り、安遁の策に就かんとする我は、懼然《くぜん》として思わず襟を正さざるをえず候」（一九〇四＝明治三七年一月二七日）などと書いているところは、まさに「無邪気なる好戦国民」の姿を露呈していた。

しかし同時に、戦勝が伝えられるなかで啄木は、十連一〇八行の「マカロフ提督追悼」の詩を『太陽』（一九〇四＝明治三七年八月）に掲げた。

マカロフは、ロシアの太平洋艦隊司令長官で、旅順港の防衛にあたっていたが、東郷平八郎の率いる日本艦隊と交戦中の四月十三日、機雷にふれて旗艦ペトロパフロフスク号と運命を共にした名将である。

ああよしさらば、我が友マカロフよ、
詩人の涙あつきに、君が名の
叫びにこもる力に、願くは

君が名、我が詩、不滅の信《まこと》とも
なぐさみて、我この世にたたかはむ。

これは詩集『あこがれ』所収の長詩「マカロフ提督追悼の詩」の九連の中の一節である。同じ日露戦争中のこと、一九〇五（明治三八）年六月二八日に、ロシア黒海艦隊の戦艦ポチョムキンの水兵がオデッサ港で反乱を起こしたという報に接したときの啄木は、これを「痛快」とし、友人の伊東圭一郎に宛てた手紙に、「日本の精神的社会に、ポテムキンのごとき「自由」の戦艦は無之候《これなくそうろう》べきか」（一九〇五＝明治三八年六月〔日不詳〕）と述べている。啄木は、「自由」の精神を敵国の戦艦ポチョムキンの決起に見出し、明治の時代を鋭く批判してもいた。

また啄木が、伊藤博文暗殺事件でナショナリズムを表出しつつも、醒めた意識を同時に見せてもいた例として、「百回通信」での「伊藤公の訃」で、伊藤博文を襲った人物のことを「韓国革命党青年」と記していることも挙げられるだろう。これは注目すべき表現といえる。伊藤暗殺を報じた新聞各紙は、安重根《アンジュングン》のことを「加害者」、「狙撃者」、あるいは「兇漢」「元兇」などと呼んだ。啄木のように同情的に「韓国革命党青年」などと書いた者はなかった。そして、啄木の「韓国革命党青年」に抱いた感情は、その後も尾を引いたのだった。

安重根は、事件翌年の一九一〇（明治四三）年二月十四日に、関東都督府高等法院で死刑判決を受け、三月二六日に旅順で死刑が執行された。日本の新聞各紙が安重根の死刑執行をいっせいに報じた三月二七日、その日は、啄木が『東京朝日新聞』に、「曇れる日の歌」と題して短歌を各回五首ずつ連載していた第六回目の掲載日だった。第一回が三月十八日にはじまり、第八回の三月三〇日で連載は終わっている。安重根の死刑判決後は第六回：三月二七日、第七回：三月二八日、第八回：三月三〇日で、連載八回のうちの終わりの三回にあたる。この三回のそれぞれの「曇れる日の歌」の先頭歌を次に挙げてみる。

宰相《さいしょう》の馬車わが前を駆け去りぬ拾へる石を濠に投げ込む（第六回）
心よく我に働く仕事あれそれを仕遂《しと》げて死なむと思ふ（第七回）
花咲かば楽《たのし》からむと思ひしに楽《たのし》くもなし花は咲けども（第八回）

これらの歌には、安重根の死刑執行の報に触発された、啄木の追悼の心情が底深く流れている。啄木はかなり屈折して歌ってはいるが、「宰相」に石を投げようとしたり、念願の仕事があれば「仕遂げて死」にたいと考えたり、あるいは、花が咲いたが楽しくもないと歌っているところに、啄木は心の底をのぞかせている。
これら三回の「曇れる日の歌」の先頭歌は、それに続く二首目とは異なる特色をもっている。ひとつは、作品の意味上からで、二つには、作品のもつ真摯さとそのリズムの緊張感である。

総じていえば、先頭歌とそれに続く歌とのあいだには、次のような感情的落差が見られる。

よく怒《いか》る人にてありしが我が父は日頃怒《いか》らず怒《いか》れと思ふ（第六回・二首目）
樗《おうち》の木何の用をもなさぬ木に生るべかりき少し口惜《くや》しき（第七回・同）

私は、「曇れる日の歌」の先頭歌は、「百回通信」で「韓国革命党青年」と書いた心情の延長線上にあり、また、安重根の死刑から半年後に「韓国併合」を痛哭して歌った「地図の上朝鮮国に黒々と墨をぬりつつ秋風を聞く」にもつながっていると考えている。さらにいえば、啄木が最後の詩的エネルギーをふりしぼって作詩した『呼子と口笛』に収められた「ココアのひと匙」の中のフレーズ、「われは知る、テロリストの／かなしき心を——」にも、安重根への同情的な感情を残しているように思う。

日露戦争後、明治政府は「戊申《ぼしん》詔書」（一九〇八＝明治四一年十月十三日）を出した。それは、「上下《しょうか》心ヲ一ニシ忠実業ニ服シ勤倹産ヲ治メ（中略）華ヲ去リ実ニ就キ荒怠《こうたい》相誡メ自彊《じきょう》息《や》マサルヘシ」と述べて、国民思想の国家に対するいっそうの忠誠と統制を狙ったものだった。啄木の二度にわたるナショナリズムの発光は、こうした時代状況でのいわば平均的な国民意識を反映していたといえる。

しかし、啄木が同時にもっていた醒めた部分、複眼的な視野は、急速に拡大、強化されて、時代批判に発展していき、絶対主義的天皇制が仕掛けた分厚いナショナリズムの網をも、食い破り、ついには顔を出したのだった。

啄木の詩論「食ふべき詩」は、明治国家が、国家への忠誠へと統制しようとしていた国民生活を、まさに人間本来の生活の側にとり戻そうという発想を含んでいたといえる。

第4章　暗い穴の中で割膝《わりひざ》をして

――二つの事件と啄木――

（1）「平民書房に阿部君を訪ねた」――屋上演説事件と赤旗事件

一九一〇（明治四三）年六月に石川啄木が遭遇した「大逆事件」は、日清、日露の両戦争を経過したのちの、日本資本主義の急速な発展に伴って拡大した労働運動や社会主義運動と不可分に結びついたものだった。

日露戦争（一九〇四年二月八日〜〇五年九月五日）後の一九〇六（明治三九）年から翌年にかけての労働運動は、かってない激烈さと規模を伴っていった。『近代日本総合年表』（岩波書店）から、主なものを左にひろってみる。

〈1906（明治39）年〉

2・4　石川島造船所職工七五〇人、賃上げで同盟罷業（スト）。

3・3　福井県下の生糸・羽二重業者、不当課税に反対し同盟罷業。職工八五〇〇人失業の恐れあり、問題となる。
3・11　東京市電値上げ反対市民大会。／3・15　反対デモ一六〇〇人余が支庁、電鉄会社に押しかけ、電車も襲う。軍隊・騎馬巡査出動し鎮圧。／9・5　再び反対運動激化、暴動化。
3・28　高島炭鉱貝瀬坑でガス爆発。抗夫ら三〇〇人余死亡。
5・1　阪神電鉄の運転手・車掌ら一二〇人、賞与金分配の公平や労働時間短縮を要求して同盟罷業。
8・10　小石川砲兵工廠で不良品に対する弁償金制度を不満とした職工一〇〇人余を解雇。これに反対して同盟罷業を企てた職工も解雇。
8・18　呉海軍工廠の造兵部職工三〇〇人余が戦時手当廃止に反対して騒擾。
8・27　青森県北津軽郡嘉瀬村の村民四〇〇人余が米倉を襲い、一六〇〇俵を各戸に分配。
12・14　大阪砲兵工廠職工の賃上げ運動に憲兵・警官七五〇人が出動、弾圧。
〈1907（明治40）年〉
2・4　足尾銅山坑夫、職員と衝突大暴動。／2・7　高崎連隊が出動六〇〇人を検挙。
3・2　夕張炭鉱運搬夫七〇〇人が賃上げなどで同盟罷業。／4・28　幌内炭坑で坑夫一七〇〇人が暴動。

6・2　別子銅山、賃上げ運動中の坑夫を解雇暴動化。／6・6　軍隊出動し鎮圧。
7・20　豊岡炭鉱でガス爆発。死者三四〇人余（明治期最大の炭坑災害）。

一九〇七（明治四〇）年の労働者のストライキ件数は、第一次大戦までの日本の歴史上で最多となった。本来労使間の問題である労働問題に、このように憲兵や軍隊が公然と介入しているのは、支配者側の危機意識のあらわれといえる。

こうした社会情勢と関係して社会主義運動も発展していった。一九〇六（明治三九）年一月、桂太郎の戦時内閣が倒れ、第一次の西園寺公望内閣が成立した。西園寺内閣は、社会主義運動に対して微温的な態度をとったために、日本で初めての社会主義政党「日本社会党」が結成されたが、翌年二月二二日、弾圧によって解散させられた。

社会主義運動の中央機関紙は、週刊『平民新聞』のあとを受けて『直言』が後継紙となり、さらに『光』が、日露戦争直後の一九〇五（明治三八）年十一月二〇日に発刊された。編集・発行人は、のちの「赤旗事件」の発端ともなる山口孤剣である。しかし、一年後の十二月二五日に廃刊。その後は、日刊『平民新聞』の時代となるが、これも一九〇七（明治四〇）年四月十四日、七五号で弾圧のため廃刊に追いこまれた。続いて六月一日に、大阪から『大阪平民新聞』（半月刊）、六月二日には東京で『社会新聞』（週刊）が発刊された。

社会主義運動内部では、直接行動派と呼ばれた幸徳秋水、堺利彦、山川均などのグループと、片山潜、田添鉄二らの議会政策派が対立し、矛盾を激化させていた。そのため、治安警察法などの政府の弾圧に団結して対応できず、社会主義運動は追いつめられていった。そうしたなかで議会政策派は「社会主義同志会」をつくり、結集強化をはかろうとし、また、直接行動派は、当面可能な運動として、金曜日ごとに講演会を開く活動（「金曜会」）に力点を置いた。

「大逆事件」の直接の導火線となったのは「赤旗事件」であるのはよく知られているが、「赤旗事件」にひとつの水脈としてつながっているのは、その五カ月前の一九〇八（明治四一）年一月十七日に起きた「屋上演説事件」である。

私がこの事件に関心をもつのは、ひとつには「金曜会」の「屋上演説会」の社会主義者たちの多くが、五カ月後の「赤旗事件」に共通して関わっていたことと、二つには、「屋上演説事件」の舞台となった平民書房は、一年半後に啄木一家が借家した本郷弓町二の十七の喜之床と同じ丁目の弓町二の一にあって、至近距離といってよい位置にあったからだ。

もちろん、啄木は、「屋上演説事件」のころはまだ小樽にいて、『釧路新聞』入社がようやく決定して、小樽を出発する二日前であった。「屋上演説事件」のあった一月十七日の啄木日記は、小樽日報社の白石社長と会った数行の記事を記すだけだ。

一九〇八（明治四一）年一月十七日は金曜日で、「金曜会」の定例講演会の日だったが、予定していた会場が官憲の妨害で次つぎと変更させられ、やむなく社会主義者の熊谷千代三郎が経営する本郷弓町の平民書房の二階を借りて開催することになった。

ところが、開会とほとんど同時に、警官が「弁士中止！」「解散！」を命じる。これに憤慨した堺利彦が、二階の窓を開け、路上の人びとに向けて、官憲の横暴を訴える抗議の演説をはじめた。その後、山川均と大杉栄も堺に続いた。平民書房前の狭い路地は、黒山の人だかりで埋まった。警官が、堺らを検挙するといい出したので、二階から路上に飛び出したところで、警官らと群衆を含めての乱闘さわぎとなり、結局、堺、山川、大杉、竹内、坂本、森岡の六名が本郷警察に逮捕された。この事件は、治安警察法違反として裁判にかけられ、全員一カ月から一カ月半の禁錮刑となり、東京監獄に送られた。

平民書房には屋上はないにもかかわらず、「屋上演説事件」と呼ばれたのは、当時のマスコミの命名らしく、堺たちが二階から体をのり出して演説する様子が、下から見るとあたかも屋上で演説しているように見えたからだという。この事件のとき管野須賀子は、病気療養のために房州にいたので検挙の難を免れた。

東京に出てきたばかりの啄木が、まだ本郷菊坂の金田一京助の赤心館に同宿していたころ、この「屋上演説事件」の舞台となった平民書房へ、知人の阿部月城（本名・和喜衛）に金を借りようとして訪れたことがある。一九〇八（明治四一）年七月二四日のことで、のちに述べる

「赤旗事件」の約一カ月後のことである。

「夕飯を食うと、すぐ袴を穿《は》いて出かけた。（単衣の尻のところが黒く汚れているので、）そして弓町の平民書房に阿部君を訪ねた。この男も矢張《やはり》一文なしであった」（日記・七月二四日）

阿部月城は、前月の六月九日、啄木が必死に小説を書いているところへ突然現れて、泊まって帰っていった。二人のこのときの話の内容について、啄木日記には何も書かれていないが、「ポッチリと髯《ひげ》を生やして、古いながらもフロックコートに山高帽」（日記・六月九日）といった格好で、恐らく大言壮語していったのだろう。啄木は日記の最後に、「月城君はやはり覚めざる月城君であった」と書きつけている。

啄木は当時、物心両面の窮迫のなかで、死をしきりに考えたりしていた。八月に入ってからも、煙草代を借りようとして再び平民書房に阿部月城を訪ねたが不在。その後も啄木日記には月城の名が時折り出てくる。

阿部月城についての資料は乏しいが、岡山儀七の回想によれば、「痩せこけた、眼玉の大きな男で、腕に珠数なんか引っかけて、無暗に禅坊主みたいなことをいった」（岩城之徳編『回想の啄木』一六八頁）という様子からみて、啄木が日記に書いている「覚めざる月城君」は、なんとなくわかるような気がする。

ここで、平民書房のことに少しふれておきたい。

平民書房は、明治三〇年代の終わりころ、本郷真砂町十七番地に所在し、やがて本郷弓町一丁目二六番地に移り、のちに同じ弓町二丁目の一番地に移転している。吉井勇も弓町二番地に住居をもっており、いずれも「喜之床」からは至近の位置だった。

平民書房の主の熊谷千代三郎は、当時の社会主義者から、〝同志〟と呼ばれていた人物で、社会主義に関する啓蒙的な書籍を精力的に出版していた。

治安警察側の極秘資料『社会主義者沿革』（下巻）によると、平民書房刊行の次の四冊が、「大逆事件」後に発禁処分にされている。①『海外より見たる社会問題』（熊谷千代三郎著、一九〇七＝明治四〇年五月二八日刊、一九一〇＝明治四三年九月三日発禁処分）。②『無政府主義』（久津見蕨村著、一九〇六＝明治三九年十一月十六日刊、一九一〇＝明治四三年九月三日発禁処分）。③『ガボン長老自叙伝』（相沢凞著、一九〇七＝明治四〇年十一月三日刊、一九一〇＝明治四三年九月六日発禁処分）。④『弱者』（持原皿山著、一九〇七＝明治四〇年七月二八日刊、一九一〇＝明治四三年九月九日発禁処分）。また、「大逆事件」以前には、荒畑寒村著『谷中村滅亡史』（一九〇七＝明治四〇年八月二六日刊）が、発売と同時に発禁処分となっている。

また、平民書房は、明治の社会主義文芸雑誌『火鞭』の第一巻第三号（一九〇五＝明治三八年十一月十日）から第六号（一九〇六＝明治三九年二月十日）までの発行元でもあった。

『火鞭』は、日露戦争の際に幸徳秋水、堺利彦らの平民社を中心に集まった社会主義青年文学者の結社、「火鞭会」の機関雑誌で、編集には白柳秀湖、宮田暢、山口孤剣、小野有香、中里介山、安成路台（貞雄）たちが携わっていた。

『火鞭』はプロレタリア文学雑誌の先駆的存在といえる（『日本近代文学大事典』第五巻・西田勝による）。『火鞭』の創刊宣言にあたる「火鞭会の告白」三項目では、「現代の文明を批評し」、「芸術の為めに芸術をなさず」とし、「芸術の根底の横たわれる、人生及び人道の光に触れんとす」とうたっていた。

のちに啄木が土岐哀果と創刊しようとして果たさなかった雑誌『樹木と果実』に、啄木は、主眼として「現代社会組織政治組織、経済組織及び帯剣政治家共に対する不平を円滑に煽動しようと思っている」（高田治作・藤田武治宛・明治四二年二月四日）と大きな期待をかけていたが、その五年前に廃刊した『火鞭』の思想的な方向と、日の目を見なかった啄木・哀果の『樹木と果実』にかけた願いとには、共通するものがあったといえる。

阿部月城が住み込んでいた平民書房には、啄木が訪れたころはまだ前掲の発禁書などが入口あたりに並んでいたかもしれない。そのほかにも平民書房が発行してきた福田英子『わらはの思出』、児玉花外詩集『天風魔帆』、西川光二郎『富豪伝研究』、守田有秋の小説『獄中よりの書翰』などがあっただろう。また、『火鞭』の通巻六九号におよぶバックナンバーもあったかもしれない。本好きな啄木がこれらの書物に無関心だったとは、到底思えない。しかし、仮りに啄木が強い関心を抱いたとしても、一文なしの状態では、どれ一冊も買えなかっただろう。

啄木日記に平民書房への関心がほとんど示されていないことは、このときの啄木の心情とかかわりがあるように思えてならない。

一九〇八（明治四一）年六月二二日、「大逆事件」の導火線といわれる「赤旗事件」が起きた。「屋上演説事件」から五カ月後のことだ。この日、明治社会主義運動の偉才の一人、山口孤剣（義三）が、一年二カ月の刑期を終えて、仙台監獄を出て六月十八日に上野駅に着いた。

山口孤剣は、日刊『平民新聞』時代に書いた評論「父母を蹴れ」の筆禍事件で三カ月、『光』の時代、大杉栄の書いた「新兵諸君に与ふ」で、発行責任者として八カ月、『光』の号外で出した「貧富の戦争」の発行責任者として一カ月半の判決を受け、これらが合算されて一年二カ月の刑期となっていた。上野駅では数十名の人びとが「山口君歓迎」「社会主義」「革命」などと書いた赤旗を打ちふり、山口孤剣を迎え、そのあとに集まった人びとが旗をめぐって警官隊と小ぜり合いを演じたものの、このときは無事解散した。

直接行動派と議会政策派との共同の歓迎会は、六月二二日午後一時から神田錦町の錦輝館で、「七十余名の盛況」（『荊逆星霜史』一七七頁）で開かれた。発起人代表の石川三四郎が開会の挨拶、西川光二郎、堺利彦が双方を代表して歓迎の辞を述べ、出獄してきた山口孤剣が来会者に対して謝辞を述べた。そのあと有志の余興などがあり、会が終わりかけたころ、直接行動派の大杉栄や村木源次郎、荒畑寒村などの一団が、場内の一隅に立てかけてあった「無政府」

「無政府共産」「革命」など、赤旗に白字が縫いとられた三本の旗をかついで場内をかけめぐり、勢いあまって戸外に飛び出したとたん、神田警察署の警官隊と、「旗を巻け」「巻かぬ」といった争いから、赤旗をめぐって一時間におよぶ大乱闘となり、その結果、堺利彦、山川均、大杉栄、荒畑寒村、宇都宮卓爾、森岡栄治、佐藤悟、徳永保之助、村木源次郎、百瀬晋、小暮れい子、管野須賀子、神川マツ子、大須賀サト子の十四人が逮捕された。女性四人を含む十四人は、治安警察法によって起訴され、東京監獄に送られた。これが「赤旗事件」である。

翌日の新聞各紙は、前代未聞の四人の女性の逮捕をセンセーショナルに伝え、この「事件」を書き立てた。

「赤旗事件」は、「一説にこれは警察の企んだ挑発だともいわれる」（絲屋寿雄『日本社会主義運動思想史』一八四頁）という。この「一説」の背景として絲屋は、「サンフランシスコの天長節事件」をとりあげている。

この「事件」は、「赤旗事件」の前年の一九〇七（明治四〇）年十一月三日の天長節（戦前の天皇誕生日：引用者）に、サンフランシスコの日本領事館の正面玄関に、「われらは暗殺主義の実行を主張す」とか、「日本皇帝睦仁《むつひと》君に与う」といった檄文がはり出され、さらに日本人街の各所にも同様の檄文がペタペタとはりつけられて、「天長節奉祝会がめちゃくちゃになった」（前掲書、一八二頁）というものである。

サンフランシスコの「天長節」事件が天皇制政府を震撼させたことは十分想像できる。元老山縣有朋は、なんとしても政敵西園寺内閣を退陣させて社会主義運動を徹底的につぶそうと、その派閥力を駆使し策動をしていた。西園寺内閣の社会主義者に対する微温的態度は、倒閣に徹底的に利用された。「赤旗事件」はこうした状況のなかで起きた。

一九〇八年（明治四一）年七月四日、西園寺内閣は総辞職し、山縣に忠実な桂太郎による第二次桂内閣が成立することになる。「大逆事件」の起きる二年前のことだ。以降、社会主義運動への弾圧は、異常なものとなっていく。

第二次桂内閣の成立した翌月の八月二九日に、「赤旗事件」の判決があった。内容からいえば、「屋上演説事件」も「赤旗事件」も赤旗の争奪戦といったものでしかないのに、判決は、誰もが予想しない「屋上演説事件」の何倍もの重刑だった。

大杉栄は重禁錮二年六カ月、堺利彦は重禁錮二年・罰金二〇円、山川均、森岡栄治は堺と同刑。大須賀サト子、小暮れい子、管野須賀子、神川マツ子の女性四人は無罪、もしくは執行猶予となって釈放された。

（2）「花、女、旗」──管野須賀子

「赤旗事件」の起きた一九〇八（明治四一）年六月、石川啄木は、本郷区菊坂町八二番地の赤

心館に金田一京助と同宿しながら、必死で書いていた小説は売れず、収入もなく次第に困窮した生活に追いつめられていた。「六月四日　森鷗外宅へ小説「病院の窓」と「天鵞絨」の原稿を持って訪れ、出版社への紹介を懇請する。このころようやく創作生活のゆきづまりを自覚、焦燥と幻滅の悲哀に呻吟する」（岩城之徳「伝記的年譜」）

「赤旗事件」の翌日、「六月二十三日、夜歌興とみに湧き、この夜から暁にかけて五十五首、二十四日午前五十首、翌二十五日百四十一首」と「伝記的年譜」は書く。啄木はこの作品の中から一一四首を「石破集」と題して『明星』に送っている。

「歌興とみに湧」いたのは、「赤旗事件」によるとみるのは早計だろうが、なんらかの心理的影響があったと想像するのは、見当違いではないだろう。

「石破集」よりも『全集』第一巻の「明治四十一年歌稿ノート」のほうが、啄木の心理は追いやすい。これは、「暇ナ時」と題して歌集出版しようと考えていた原材料である。以下、「赤旗事件」を念頭にしたと思われる作品をひろってみる。

判官よ女はいまだ恋知らず赦せと叫ぶ若き弁護士

（「六月二十三日夜十二時より暁まで五十五首」より）

『工人よ何をつくるや』『重くして持つべからざる鉄槌を鍛《う》つ』

〈喪服着し女はとへど物いはず火中に投げぬ血紅の薔薇〉

〈我君に罪えて入れる牢獄の戸にぞ見いでぬあはれ君が名〉
うす紅き煙あがれり夜の空遠き都の地平の上に
（「六月二十四日午前　五十首」より）

三百の職工は皆血を吐きぬ大炎熱の午後の一時に
巡査来て怪しと我をひきゆきぬ君が家あたり徂徠《ゆきき》するをば
『検非違使《けびいし》よなどかく我を縛せるや』『汝心に三度姦せり』
わが家に安けき夢をゆるさざる国に生れて反逆もせず
女なる君乞ふ紅き叛旗をば手づから縫ひて我に賜へよ
君にして男なりせば大都会既に二つは焼けてありけむ
かく弱き我を生かさず殺さざる姿も見せぬ残忍の敵
宰相よ心して行けいつか我狂せむ時のなしと誓はず
（「六月二十五日　夜二時まで　百四十一首」より）

「暇ナ時」に収められた短歌作品のおおかたは、『明星』風をまとった観念的で空想によってつくられた歌が多い。しかし、次のような見るべき歌も含まれていた点は見落とせない。

東海の小島の磯の白砂に我泣きぬれて蟹と戯る

灯《ともし》なき室に我あり父と母壁の中より杖つきて出づ
父母のあまり過ぎたる愛育にかく風狂の児となりしかな
たはむれに母を背負ひてその余り軽きに泣きて三歩あるかず

「赤旗事件」の影響があると考えられる前掲十三首を読むと、作品の共通項のようなものが浮かび上がってくる。まず、全体に共通しているのは、一人の「女」をイメージし、それを中心に歌っているということだ。また、その「女」を歌う空間は、作者の脳内操作でつくり出しているものでなく、生きた人間のいる感じのする、社会的拡がりをもつ空間・場面である。そして、その多くの場面で、啄木の歌っている作中主人公＝女性は、権力に対し、抵抗的で抗争的である。

こうした点を考えてくると、この「女」にピッタリしたイメージをもつ人物として、私には管野須賀子が浮かんでくる。

明治天皇制政府が体制維持の根幹に据えた家族制度によって「良妻賢母」思想を押しつけられていた時代にあって、管野須賀子は、当時の女性としては破格の女性社会主義者だった。管野須賀子の逮捕は、啄木にも強い衝撃を与えたと思われる。管野須賀子の性格と、啄木の性格、気質とには共通するものがあったからだろう。しかし、なによりも大きな共通項は、二人ともジャーナリストだったことだ。

管野須賀子は、一八八一（明治十四）年に大阪に生まれた。啄木より五歳年長である。清水卯之助編『管野須賀子全集』（全三巻、弘隆社）巻末の「年譜」によれば、高等小学校卒業程度の学歴しかない。十八歳のときに看護婦になるために上京。東京生活をはじめたが、翌年、小宮福太郎という荒物雑貨商と結婚し、二年後に離婚。二二歳のとき、弟が文学修行で内弟子として住みこんでいた宇田川文海の世話で、創業したばかりの『大阪朝報』に入社。ペンネームとして「幽月」「須賀子」を名のった。そして、半年後の一九〇三（明治三六）年一月、二三歳で『大阪朝報』三面の主任に抜擢されている。これは異例といえるだろう。小学校卒業程度の学歴を考えれば、管野須賀子がすぐれた文章表現力や現実を見分ける眼力を備えていただろうと想像できる。

たとえば、『管野須賀子全集』第一巻（社会批評）の巻頭の「黄色眼鏡」（『大阪朝報』第三号、一九〇二＝明治三五年七月四日）の中の、「鴻池《こうのいけ》の鶴を見て」では、豪邸の「鉄柵の内にと幽囚《とりこ》にされている数羽の鶴」を見て、「自由を束縛して、狭き庭の内のそのもっとも狭き檻の中に彼を閉じこめて、罪人同様の取り扱いをなし」ていることを批判し、「人間の娯楽のためにのみ、動物を虐待してその自由を奪おうと、世にかばかり非道なことはありますまい」と論じている。そして、管野須賀子の筆は社会全体の問題におよび、次のように述べてこのエッセイを閉じている。

「ある人妾《わらわ》がこの愚説を聞いて笑っていわく「ナニ、鴻池の鶴、動物虐待だと、それどころか僅少の金に換えて貴重の人間の自由を買い、否、奪って、これを翫弄物にしている者が、世間にはたくさんある」と。ああ事これに至る、人道無視の極み、言語同断、ただ流涕《りゅうてい》嘆息するのみであります」

この結びは巧みだ。ジャーナリストとしての出発に際してのこの文章からも、管野須賀子には事の本質を引き出して、それを社会全体の問題にひきすえていく、ジャーナリストには欠かせない能力が豊かに備わっていたといえる。文章表現もたけている。

一九〇五（明治三八）年、管野須賀子は二五歳のときに、堺利彦にすすめられて『牟婁《むろ》新報』の社会記者となった。『牟婁新報』は、杉村楚人冠の生国紀州の田辺町で創刊された、仏教的社会主義の地方新聞で、一九〇〇（明治三三）年四月二二日に創刊された。主筆の毛利柴庵《しあん》は、高野山大学出身の知識僧で、楚人冠とは仏教改革運動などを通じて親しかった。創刊号の四面に楚人冠は、「東京にて杉村廣太郎」として祝電を寄せている。「新報をして朝起暮仆《ぼふ》たらしむるなかれ」というものである。「朝令暮改」のモジリである。朝にはあったが、夕にはもうなくなってしまったというような、つまらぬ『牟婁新報』にはしないでくれ、といったところだろう。

管野須賀子と楚人冠の交友を示す次のような一文が、一九〇六（明治三九）年四月二〇日の『牟婁新報』に載っている。文中の「縦横《じゅうおう》」は、楚人冠の愛用したもう一つのペンネームだ。

杉村縦横の君より

昨日和歌山より帰宅、ご書面拝見。出獄記念号（主筆毛利紫庵が筆禍事件で投獄されていた：引用者）には是非何か差し上ぐべし、但し二十五日迄に着するよう送るべきにつき、それ迄ご猶予ありたし、題は「出獄か入獄か」。十五日迄との御仰《おお》せなれど、事実において昨日御書面を見たばかりでは、いかんともいたしかねたり。一人にて御編輯、御苦労の至りに御座候。（ナドト、僕でも時にはお世辞をいうことがあると思《おぼ》し召《め》せ）

と、東京よりおはがき。

「あると思し召せ」のお皮肉さ加減、縦からでも横からでも、やはり縦横様は縦横様……。

（『管野須賀子全集』第二巻、弘隆社、一二八頁～一二九頁。傍点原文）

管野須賀子の原稿依頼の手紙に対する楚人冠の親しみをこめたカッコ書きに対する須賀子の受け方は、さすが『明星』好みの王朝歌人のような才のはじけ方である。管野須賀子の文学的才能のひらめきを思わせる。

のちに、「大逆事件」に遭遇した啄木が、その真実探求の過程で大きな関心を払った人物は、幸徳秋水と、とりわけ管野須賀子だった。それは、幸徳秋水ら十一人が死刑となった（一九一一＝明治四四年一月二四日）翌日に管野須賀子が死刑となると、啄木は、あくる日の二六日、友人の弁護士平出修を神田の自宅に訪ね、「七千枚十七冊に及ぶ特別裁判の一件書類中初めの二冊と管野すがに関する部分を読む」（岩城之徳「伝記的年譜」）という、関心の示し方でもわかる。明治の男尊女卑の風潮のなかで、権力側の宣伝によって悪魔の女性のように描かれ、非人間的な言葉が須賀子に投げつけられたことにも、啄木には承服しかねるものがあったのだろう。啄木は鋭い直感によって管野須賀子がすぐれたジャーナリストであり、女性革命家であると感じはじめていたのではないかと思う。

『石川啄木全集』第二巻（詩集）の最後に、「詩稿より」という、「無題」の詩を多く含む一群がある。その中に作詩日時不詳の「無題」という三章からなる詩がある。その先頭章に次のような詩がある。

赤！　赤！
赤といふ色のあるために
どれだけこの世が賑《にぎ》やかだらう。
花、女、旗、
それから、血！
砂漠に落つる日
海に浮ぶ戦さの跡の波、

この「無題」の次の二章と三章は、発想も内容もこれには続いていない。冒頭の一章は、独立した意識で書かれている。この詩に持ち出された「赤」「赤といふ色」「花」や、「女」「旗」「血」などの単語とそのつくり出すイメージは、さきに私があげた「暇ナ時」の①から⑬までの歌の世界とほとんど重なっている。そこから、この「無題」第一章は、あきらかに「赤旗事件」をモチーフとしたものだとわかる。詩の中で単数の「女」として啄木が表現しているのは、やはり私には管野須賀子と思える。

『全集』第二巻巻末の編集者岩城之徳の「解題」には、この詩は、函館図書館に残された『遺墨集』にあるもので、「東京朝日新聞原稿用紙百八十字詰四枚に鉛筆書きした「赤！　赤！／赤といふ色のあるために……」という三章よりなる題名のない詩稿があり」と記されている。つまり、この作詩時期は、啄木が朝日新聞社に就職した一九〇九（明治四二）年三月一日以降ということになる。いずれにしても、「赤旗事件」から、すでに半年ははるかに越えている時点だ。そのことを考えると、「赤旗事件」が啄木に与えた衝撃は、一般に考えられるよりははるかに大きかったことが理解できる。

（3）「「それから」の完結を惜しむ情があった」

「赤旗事件」以来、桂内閣が労働運動、社会運動、社会主義運動に対する弾圧を徹底的に強化していったことは述べてきた。日本の資本主義は、独占資本主義の段階につき進んでいて、「強権の勢力は普《あまね》く国内に行亘《ゆきわた》って」「青年を囲繞《いじょう》する空気は、今やもう少しも流動しなくなっ」ていた（啄木「時代閉塞の現状」）。そのことは、啄木には早くから実感されていた。

夏目漱石が『朝日新聞』に連載した小説「それから」で、作中人物の平岡が次のようにいう場面がある。

「幸徳秋水という社会主義の人を、政府がどんなに恐れているかという事を話した。幸徳秋水の家の前と後に巡査が二、三人ずつ昼夜張番をしている。一時は天幕《テント》を張って、その中から覗《ねら》っていた。秋水が外出すると、巡査が後を付ける。万一見失いでもしようものなら非常な事件になる」（『それから』岩波文庫、二一一頁）

漱石は「それから」で、こうした時代状況をあばき、さらに主人公代助に、こうもいわせている。

「日本国中どこを見渡したって、輝いてる断面は一寸四方もないじゃないか。悉《ことごと》く暗黒だ」（同前、九二頁）

漱石の「それから」は、一九〇九（明治四二）年六月二七日から十月十四日までの一一〇回にわたって『東京朝日新聞』に連載された。それは、啄木が本郷弓町の喜之床の二階で、一家との生活をはじめたころから妻節子の家出が続いている時期にあたる。啄木は、毎日「それから」を校正しながら、この小説に深い関心をよせた。啄木が、この小説を論評しようと書きはじめたと思われる「無題」の原稿断片が残っている。執筆時期は、一九〇九（明治四二）年十月と推定されている。「大逆事件」の起きる半年以上前のことだ。

「私は漱石氏の「それから」を毎日社にいて校正しながら、同じ人の他の作を読んだ時よりも、もっと熱心にあの作に取り扱われてある事柄の成行に注意するような経験を持っていた。（中略）やがて結末に近づいた。私は色々の理由から「それから」の完結を惜しむ情があった」

啄木は、「色々な理由」をつぎにあげて論を展開しようと考えたらしく、「一つは、」と書いて、この原稿を中断している。

この「無題」の原稿断片と、ほとんど同じ時期に書いたと考えられる啄木の生前未発表の、これも未完の原稿「暗い穴の中へ」がある。この中で啄木は、当時の時代の暗さや、「それから」の主人公たちと共有するような感じについて、次のような印象的な言葉で述べていた。

「何の変化の無い、縛られた、暗い穴の中に割膝《わりひざ》をしてぎっしりと坐っているような現実の生活に、もうもう耐えきれなくなって、体を弾丸《たま》にしてどこぞへ突き抜けてしまおうとする空しい努力――その時の私の気持ちは、つまりこれ空しい努力だったのだ」

啄木がここでいっている「その時の私の気持ち」とは、本郷弓町の喜之床に移るまで下宿していた本郷森川町の新坂の上に建っていた蓋平館別荘の三階の珍奇な三畳の部屋から見た、小石川砲兵工廠の大煙突が吐き出している凄まじい煙をじっと眺めていたときの気持ちである。

それは、手足をわけもなく動かして見たいほどの、「心の底から盲滅法《めくらめっぽう》な力が湧いて来るように思われた」、その気持ちであった。それはまさに、閉塞された「暗い穴の中」の状況だった。

第5章　後々への記念のため
――「大逆事件」との遭遇――

(1)「僕は今迄より強くなった」――浪漫主義との決別

啄木の思想と文学の発展の上で「奇跡の一年」（岩城之徳）といわれた一九一〇（明治四三）年が明けた。

「現在私は朝日新聞社で校正をやっております。伝道婦として北海道にある妹をのぞいては、父も母も妻も子も今はみな私のもとにまいりました。私は私の全時間をあげて（殆んど）この一家の生活をまず何より先にモット安易にするだけの金をとるために働いています。そのためには、社で出す二葉亭全集の校正もやっています。田舎の新聞へくだらぬ通信も書きます。それでも私にはまだ不識不知《しらずしらず》空想にふけるだけの頭にスキがあります。目がさめて一秒の躊躇なく床を出で、そして枕についてすぐ眠れるまで一瞬の間断なく働くことができたらどんなに愉快でしょう。そして、そう全身心をもって働いているときに、願くはコロリと死にたい。――こう思うのは、とにかく自分の弱い心が昔の空想にかくれたくなるその疲労を憎みかつ恐れるからです」（大島経男宛・一月九日）

「昔の空想にかくれたくなるその疲労を憎みかつ恐れる」――啄木が、函館時代の畏敬する先輩大島経男に書いたこの手紙を読んでいると、あのローマ字日記の時代とも、その前年の死生彷徨の時代とも、まったく違った感じがする。しっかりと落ち着きをとり戻し、一家の生活に責任をもち、自身の文学の現実化をはかろうとする啄木の素直な思いが表現されている。

啄木は、大島経男宛の長文の手紙の最後で、忘れていたことを急に思い出したような感じで、次のような重要なことをつけ加えている。

「あ、それから一つ喜んでいただきたいことがあります。それは、以前から悪縁でつながっていたスバルと今度全く内部の縁をきりました、編集兼発行人の名も変えました。――こうして私は、すべて古い自分というものを新しくして行きたいと思います」

これは明らかに、『明星』と後継詩『スバル』へと長いあいだかかわってきた、「弱き心の所産」としての浪漫主義との決別宣言だった。

このことを、啄木は二つの事実で示している。ひとつは、十カ月間断絶していた作歌を三月十日から再開したが、その作品の発表の舞台は、ほとんどが『東京朝日新聞』と『東京毎日新聞』だったことだ。

もうひとつは、その年の暮れに出版した処女歌集『一握の砂』の編集上に示された問題で、第一歌集原稿として準備していた「暇ナ時」の編集内容をすっかり変えて、一九〇九（明治四二）年以前の作品をバッサリと切り捨てたことだ。『一握の砂』はその結果、一九一〇（明治四三）年に作られた作品が八三％以上を占める編集内容となった。

今日私たちが、〝啄木歌風〟として、その独自の生活感情から評価している作品は、前年秋の妻の家出事件以降の、啄木の思想、文学の転換以降のものである。啄木が、「勇躍して」迎えようとした一九一〇（明治四三）年は、それほどまでに自覚的なものだった。

しかし、浪漫主義との決別を示すこれらの二つの事実は、いずれも浪漫主義を捨てて自然主義への関心と批判に進み出ていった、その外的な対応を示すものでしかない。重要なことは、啄木自身の内部であり、その思想の展開方向だ。

「僕は顔色はあまりよくないということだが、頭はいつも水のごとく澄んでいる。ほとんど無限に元気がある。僕は天下にこの元気一つを神と頼んで死ぬまで奮戦する」（宮崎郁雨宛・一九一〇＝明治四三年四月十二日）

啄木は、この手紙を書いたそのほぼ一カ月前、同じ宮崎郁雨宛の手紙で「一度は僕の文学的革命心の高調に達する日が屹度《きっと》来るものと信じている」(三月十三日)と書いて送っていた。啄木のこの「文学的革命心の高調」への自覚と確信、予見に、私はあらためて驚きを禁じ得ない。未来に対するこうした予見と洞察力は、常凡の域をはるかに越えていた。

「弱者！　自らの弱者たることを認容するを怖れて、一切の事実と道理とを拒否する自堕落な弱者！　私は、希《ねが》わくは再びそういう弱者になりたくない」(「巻煙草」一九〇九＝明治四二年十一月二三日夜)

そう書いてきた啄木であった。「自堕落な弱者」とは、かつての啄木自身への罵《ののし》りなのだ。まさに「自堕落」としかいいようがなかったローマ字日記の世界がひっしとよみがえったに違いない。啄木はみずから「弱者たることを認容」することで、強者となったのだ。宮崎郁雨宛の前掲三月十三日の手紙にも、「僕は今迄より強くなった」と書いている。

啄木が、こうしてみずからの弱点を抉《えぐ》り出しつつ、現実そのものの中に思想と文学の重心を低く据えなおしたとき、啄木の予見と洞察力はいっそうその鋭さを増した。「大逆事件」での跳躍台は準備されたのだった。

（2）「その懐疑の鉾先を向けねばならぬ」――「性急《せっかち》な思想」

評論「性急《せっかち》な思想」は、一九一〇（明治四三）年二月十三日から十四、十五日と三回にわたって『東京毎日新聞』に発表された。妻の家出事件から「大逆事件」勃発までのあいだの、ちょうど中間の時期にあたる。

このとき、啄木の思想――とくに国家への認識――は特段に鋭くなっていた。前年発表の「きれぎれに心に浮んだ感じと回想」（『スバル』一巻十二号・一九〇九＝明治四二年十二月一日）から〝新生〟啄木は再出発したが、さらに思考の前進した地点に「性急な思想」はおかれる。それは当然、来るべき評論「時代閉塞の現状」の予鈴ともなっている。

「日本はその国家組織の根底の堅く、かつ深い点において、いずれの国にも優っている国である。したがって、もしもここに真に国家と個人との関係について真面目《しんめんぼく》に疑惑を懐いた人があるとするならば、その人の疑惑ないし反抗は、同じ疑惑を懐いたいずれの国の人よりも深く、強く、痛切でなければならぬはずである」

啄木は、どこの国よりも日本の「国家組織の根底」は「堅く、かつ深い」という。いったい、これは何を指すのだろうか。

北海道流離の旅で、啄木が雪の釧路に入って旬日を経ずして迎えた「紀元節」の日に書いた日記（一九〇八＝明治四一年二月十一日）については、すでに第一章で述べてきたが、もう一度引く。

「今日は、大和民族という好戦種族が、九州から東の方大和に都していた蝦夷民族を侵撃して勝を制し、ついに日本嶋の中央を占領して、その酋長が帝位に即き、神武天皇と名告った記念の日だ」

今日の歴史学研究から見れば、おかしさも少なからず持つ文章だが、神話の時代と歴史の時代を強引に結びつけ、その地続きの上に絶対主義的な明治の天皇制とその天皇の神格化を狂気のように進めていた時代を背景におくとき、それに対して鋭い批判の目を啄木が放っていることこそ、歴史的なことだろう。

神話を歴史と偽り、「万世一系の天皇」による国家像を強固につくり上げてきた天皇制のカラクリを、科学的な歴史認識をつきつけることで露《あら》わにしている、二二歳の知的な青年啄木の姿がある。

話は戦後にとぶが、一九九九年八月九日、小渕恵三内閣のときに「国旗・国歌法」が成立した。「日の丸」と「君が代」が法制化され、公立学校では式典の際に、「日の丸」の掲揚と「君が代」の起立・斉唱が強制されてきた。いうまでもなく、「日の丸」「君が代」に対する日本人一人ひとりの感じ方や考え方は多様である。その多様性こそ、日本の戦前・戦中の歴史の教訓を反映したものだった。「国旗・国歌法」は、日本国憲法が第十九条で、「思想及び良心の自由は、これを侵してはならない」としていることにも悖《もと》るものだった。

　歴史家の網野善彦は、その著『「日本」とは何か』（二〇〇〇年、講談社）で、「日本人の自己認識」にふれて、次のように述べている。

「この法律（「国旗・国歌法」を指す：引用者）は、二月十一日という戦前の紀元節、神武天皇の即位の日というまったく架空の日を『建国記念の日』と定める国家の、国旗・国歌を法制化したのであり、（中略）このように虚像に立脚した国家を象徴し、讃えることを法の名の下で定めたのが、この国旗・国歌法であり、虚構の国を『愛する』ことなど私には不可能である」（二一〇頁）

　網野の指摘は、さきの啄木日記の内容と一致する。この「虚構の国」の姿こそ、啄木が問題とした明治の「特別の国」の姿だった。啄木のこの批判の見地は、百年後の今日にもつながっていた。

啄木日記で明治国家の虚構性を批判しながら、一年後の伊藤博文が暗殺された報道では、こうした歴史認識をふり飛ばすようにナショナリズムを発光させた啄木であった。それは大きな揺り戻しだった。そのとき、啄木の浪漫主義はまだ根を張っていた。

しかし、「性急《せっかち》な思想」の段階では、啄木はナショナリズムがからまる「弱き心の所産」としての浪漫主義と決別していた。啄木のナショナリズムは、伊藤博文追悼以降、三度目の発光とはもはやならなかった。「性急な思想」からの時期、啄木の心の内はまだ誰にもわからなかったが、啄木伝の未来に向かって間違いなく背を立てていた。

「この国家という既定の権力に対しても、その懐疑の鋒先《ほこさき》を向けねばならぬ」

国家への「深く、強く、痛切なるべき考察」を回避してはならない、それは、「今日の仕事」であり、「明日の仕事の土台でもある」と啄木はいう。

啄木はやがて、「大逆事件」に遭遇することになる。そのとき啄木は、みずから主張したように、国家の問題、強権の問題に、「深く、強く、痛切」な考察を、まさに「明日」のための「今日の仕事」として全力を傾けていった。

啄木は、「富国強兵」策の支柱である徴兵の義務を免除され、明治国家からはじき出された。だが、「身長五尺二寸二分　筋骨薄弱」（日記、一九〇六＝明治三九年四月二一日。圏点＝啄木）で、貧窮・病身の啄木は、文字通り命をかけて、天皇制政府の虚構に立ち向かっていったのである。

(3)「かゝること喜ぶべきか泣くべきか貧しき人の上のみ思ふ」

一九一〇（明治四三）年六月、いわゆる「大逆事件」が起きた。

この事件は、信州明科《あかしな》の製材工場の機械工・宮下太吉が爆弾を製造していたことが発覚したことからはじまる。続けて、管野須賀子、新村忠雄、古河力作などが天皇暗殺を計画していたとして検挙された。時の桂軍閥内閣は、これをきっかけにフレームアップによって社会主義者を一網打尽にしようとしたのだった。

六月一日、幸徳秋水が湯河原の天野屋旅館で逮捕された。これが無政府主義者による「陰謀事件」として記事解禁となったのは六月五日だった。岩城之徳の「伝記的年譜」（『全集』第八巻）は、次のように書く。「諸新聞、幸徳秋水らの「陰謀事件」を報道、全国民を驚愕させる。啄木は、この事件に烈しい衝動を受け、社会主義関係書籍を愛読して社会主義への深い関心を示し、思想上の転機となる。「六月――幸徳秋水等陰謀事件発覚し、予の思想に一大変革ありたり。」（「日記」）啄木は六月二十一日より七月末にかけて「林中の鳥」の匿名で、幸徳らの陰謀事件と無政府主義に関する随想風の評論を書き、「所謂今度の事」と題して『東京朝日新聞』の夜間編集主任であった弓削田精一に掲載を依頼したが実現しなかった」

啄木が翌年一月二四日にまとめた「日本無政府主義者隠謀事件経過及び附帯現象」によれば、「大逆事件」発生の初期段階では、社会主義と無政府主義との二つの用語が「全く没常識的に混用せられ、乱用せられ」た結果、「社会主義とは啻《ただ》に富豪、官憲に反抗するのみならず、国家を無視し、皇室を倒さんとする恐るべき思想なりとの概念を一般民衆の間に流布せしめた」という。「皇室を倒さんとする」計画のことを一般民衆が知るのは、九月段階のことであるから「所謂今度の事」の時点ではまだわかっていない。

しかし、啄木は朝日新聞社にあって、すでに事件の本質が、刑法七三条の「大逆罪」であることを承知していた。したがって、社会主義と無政府主義を等号で結びつけ、全国の社会主義運動を根絶やしにしようとする政府の狙いは、啄木にははっきりと見えていた。啄木は危機感をもって、桂内閣の恐るべき狙いを暴露して、一般民衆に警告を発したのが、「所謂今度の事」である。

「所謂今度の事」は五章からなる。第一章では、ある日のビヤホールで三人の紳士が「今度の事」を語っているのに、啄木は聞き耳を立てている。「今度の事と言うのは、実に、近頃幸徳等一味の無政府主義者が企てた爆烈弾事件だったのである」。

「日本開闢《かいびゃく》以来の新事実たる意味深き事件」のことを、三人の紳士は「ただ単に「今度の事」と言った」と啄木は書いた。啄木の失望感が出ている。「今度の事」についての認識のへだたりを感じているのだ。啄木はビヤホールを出てから、そのへだたりが「我々日本人のある性情、二千六百年の長き歴史に養われてきたある特殊な性情」によることを思ったのである。そして、その「性情」が「保守的思想家自身の値踏みしているよりも、もっともっと深くかつ広いものである」ことに思い至っている。

第二章では、無政府主義が「日本人の耳に最も直接に響いた」二つの事件として「赤旗事件」と「今度の事」をあげ、無政府主義と社会主義を同一視する傾向が、識者やマスコミを含めて「国民の多数者に」あることを明らかにし、政府の卑劣な宣伝工作への警鐘をならしている。

第三章は、「今度の事」に立ち入る。とりわけこれまでの社会主義運動に対し、日本の政府が「警察機関のあらゆる可能性を利用」して、社会主義者を「監視し、拘束し、啻《ただ》にその主義の宣伝ないし実行を防遏《あつ》（防ぎとめるの意：引用者）したのみでなく、時にはその生活の方法にまで冷酷なる制限と迫害とを加えた」ことを糾弾する。そのうえで、警察や法律の力が「いかに人間の思想的行為に対《むか》って無能」かということを宣言している。

第四章では、啄木は視野を広げて、ヨーロッパにおける無政府主義の発達とその運動を論ずる。そして無政府主義というものは結局のところ、「すべての人間が私欲を絶滅して完全なる個人にまで発達した状態に対する、熱烈なる憧憬に過ぎない」と強調する。社会主義は「人間の現在の生活が頗《すこぶ》るその理想と遠きを見て、因を社会組織の欠陥に帰し、主としてその改革を計ろうとする」のに対し、無政府主義者は、「社会組織の改革と人間各自の進歩とを一挙に成し遂げようとする」もので、「最も性急《せっかち》なる理想家」であると位置づけている。それゆえに、無政府主義者は、「その理論の堂々として而《しか》して何ら危険なる要素を含んでいない」として、無政府主義者への同情を恐れ気もなく表明している。

第五章は短いまとめである。思想とは何かを問い、それは個人のすべての特質の総計であるとし、その「個人の性格の奥底には、その個人の属する民族ないし国民の性格」が横たわっており、「その民族的、国民的性格」において、無政府主義の「実行的方面」は、「その国の政治的、社会的状態」とかかわっていると断じて、この評論を閉じている。つまり、「今度の事」を生み出した真の原因は、政府の「政治的、社会的」姿勢にこそあると、主張しているのだ。

総じて評論「所謂今度の事」は、事件の真実を明らかにしない明治天皇制政府に対して、背筋を伸ばして抗議し、また、社会主義や無政府主義への曲解、わい曲に対し、痛烈に抗議したものだ。「所謂今度の事」で啄木は、思想の自由と人権の擁護――つまり、民主主義の擁護を主張したのである。啄木の目は、はっきりと国家に向けられている。そして、このいかがわしい国家を真正面にすえて、文学を含む広い領域から「明日」の日本を論じたものが、評論「時代閉塞の現状」だった。

「所謂今度の事」に関連して、啄木のエッセイ「我が最近の興味」にもふれておきたい。「所謂今度の事」が「時代閉塞の現状」のプレゼンテーション的な位置にあるとすれば、「我が最近の興味」は、「所謂今度の事」への予鈴のように思えるからである。

このエッセイは『廣野』第七号（一九一〇＝明治四三年七月十日）に発表されたもので、『全集』で三ページほどの短いものである。啄木の見聞した二つの話が内容となっている。ひとつは、あるロシアの教授の講演草稿『露西亜と其の危機』で、ロシア人の性格を論じながら引用されているごく短い話――。

ヴォルガ河岸で出帆しようとした船の中で一人の百姓が金を盗まれたと訴えて、船の副長がとんでくる。百姓は「ああ旦那、金はもう見つかりましただあよ」という。副長が聞きただすと百姓は、近くに眠っていた軍人が胡散臭いと思って、彼の外套《マント》の中を探したら、自分のカモシカの革の財布がでてきたのだという。副長は「よし、それじゃそ奴を警察に渡さなくちゃならん」と息巻くが、百姓は反対する。金はたしかに見つかったのだし、「この上何がいるんだね？」というのだ。「そうしてこの事件は終わった」。

つまり、百姓の言い分は、盗まれた金が見つかって、もう誰にも被害はないのだから、警察沙汰などは論外だというのである。

「そうしてこの事件は終わった」という最後の一節が、なんとなく「大逆事件」を想起させる。「大逆事件」は、木材工場の労働者・宮下太吉による信州明科の山中での爆裂弾の実験の発覚が発端だった。当然、宮下は検挙されたが、この時点では誰も被害を受けていない。ロシアの百姓の論理を借りれば、「この上何がいるんだね?」ということになるだろう。ところが、天皇制政府は、意図的に「無政府政党の陰謀」という虚構をつくりあげ、日ごとに大事件へと拡大させていった。「事件」の発端直後の治安警察の動きに不安を感じた啄木が、民話のようなロシアの百姓の話を持ちだして婉曲に批判しているのが、「我が最近の興味」の第一の話だ。

第二の話は、「明治四十三年五月下旬」(傍線=引用者)の東京市電での出来事。登場人物は、上流社会の人と見える服装だが、「その挙止と顔貌とに表れた表情の決して上品でない、四十位の一婦人」と車掌だ。上流婦人の持っていた切符には、上野広小路乗り換えで江戸川までの鋏が入っているが、須田町で乗り換えようとして、車掌と言い争いになる。車掌は、この切符は乗換場所が違うから無効だといい、上流婦人は、どっちまわりでも江戸川に行くのだからいいじゃないか、といいはる。車掌は、無効だけれど「あなたが知らずにお間違いになったのですから、切符は別に須田町からにして切ってあげます」と親切にいう。啄木はここで上流婦人を「貴婦人」と言い換えて、貴婦人は車掌の言い分を拒絶する。結局、強引にあらたな往復切符を買う。車掌は、規則に従って不要になった切符を持って去ろうとすると、貴婦人は、「こんな目に遭ったのは私ははじめてですから、記念に貰っていきます」とねばり、車掌はしぶしぶと貴婦人の意に従い、車掌台に戻った。乗客の一人が突然、「待合の女将《おかみ》でえ!」といった。若い労働者風の男が、「私と同じ心を顔に表して、隅の方から今の婦人を睨めていた」というのが、第二話の終わりだ。

啄木は、このエッセイ「我が最近の興味」の最後を、「ここにはただ、ロシアの一賤民の愛すべき性情と、明治四十三年五月下旬の某日、私が東京市内の電車において目撃した一事件とを、アイロニカルな興味をもって書き列べてみたまでである（五月四日夜東京に於て）」と書いて終わっている。

ところで、五月下旬に見聞した話が、五月四日にかけるはずがない。『石川啄木全集』第四巻で、編集者が「解題」（岩城之徳）して、「これは同年五月四日の夜、本郷区本郷二丁目十七番地の喜之床、新井こう方二階で執筆された」と書き、「我が最近の興味」が二回にわたって「明治四十三年五月下旬」と明記されたことの矛盾にはまったく触れていないのが、私にはきわめて不可解だ。

このエッセイについて私は、今のところ次のような仮説をたてている。

① これは、「大逆事件」に反応した啄木の最初の記念碑的な散文作品ではないか。

② 作中の「五月下旬」もしくは「五月四日夜」は、六月の「大逆事件」後に書いたことを韜晦《とうかい》するための作意ではないか。六月下旬ごろの執筆だろうか。この最初の文章をきわめて強い警戒心のもとで書いたことを示す。内容もさりげないこと、執筆時期も「大逆事件」以前とした。

③ したがって「我が最近の興味」は、時系列的には六月下旬頃と仮定すると、「所謂今度の事」の執筆時期は定説より後方にズレて、七月中ということになるだろう。

「我が最近の興味」「所謂今度の事」「時代閉塞の現状」とをつなげると、最初はそろそろとあたりをうかがうようにしていた「大逆事件」にかかわる啄木の評論活動は、急速に先鋭化し、思想的に内容を深めていっていることがわかる。「所謂今度の事」も「時代閉塞の現状」も、その思想のゆえに、戦前は遂に日の目を見ることができなかった。啄木評論「所謂今度の事」が日の目を見たのは、戦後の一九五七年、岩波書店の月刊誌『文学』十月号だった。

啄木はのちに「大逆事件」に関する新聞・情報を整理して、自分の感想なども付した「日本無政府主義者隠謀事件経過及び附帯現象」をまとめ上げるが、その六月五日の項に、「この日の諸新聞に初めて本件犯罪の種類、性質に関する簡単なる記事出で、国民をして震駭《しんがい》せしめたり」と書いている。以降、全国各地で社会主義者の検挙が相次ぎ、事件関係の報道が連日、大々的に行われた。

しかし、啄木が書いている六月五日頃は、まだこの「隠謀事件」なるものが、明治刑法七三条の「大逆罪」にかかわる事件であることは、世間には伏せられていた。これが一般に明らかになるのは、九月半ば以降のことである。

では、啄木がこの「隠謀事件」なるものを刑法七三条に抵触する「大逆事件」だと知ったのはいつか、をめぐって戦後の啄木研究史上でも論争があった。評論「所謂今度の事」が、「大逆罪」を知って書いたものかどうかに関わっていたからだ。

結論的にいえば、清水卯之助や岩城之徳の実証的研究によって、啄木は早い段階（六月下旬）から、事件が刑法七三条による「大逆罪」だと認識していたことがはっきりとした。それによって旧版『啄木全集』（全八巻、一九六七年～六八年、筑摩書房）第四巻（一九六七年刊）の末尾についた「明治四三年、秋稿」の執筆時期が、新版『石川啄木全集』第四巻（一九七八年刊）では、「明治四三年六月～七月稿」と発展的に修正された。

啄木が「大逆事件」のことを早い段階から知っていたのは、考えてみれば当然といえる。なぜなら啄木は、日本で有数の情報の集中点のひとつである『朝日新聞』にいて、全国に広がる社会主義者への弾圧状況をもかなり的確につかんでいただろうからだ。おそらく裁判所の社会主義者に対する、「勾引状」や「捜索状」などの令状執行には、当然その刑法上の該当罪名が記されていて、記事は差し止められてはいたものの、情報としては新聞社内で共有されていただろうこと、それゆえ、一般よりかなり早い時期に啄木は、事件の本質が「大逆罪」だとつかんでいた、と思われる。

そのひとつの傍証ともいえる啄木の動きがあった。七月十五日、啄木は一冊の新しい洋無罫ノートを準備し、それに「大逆事件」にかかわる歌を書きはじめた。のちに「明治四十三年歌稿ノート」と呼ばれるものである。その第一頁に「七月十五日夜」として、次の歌を含む三首の歌を書きつけた。

かゝること喜ぶべきか泣くべきか貧しき人の上のみ思ふ

この第一句「かゝること」が、「大逆事件」を指しているのは明らかだろう。啄木はこの事件を、天皇暗殺計画事件というセンセーショナルな事件としておさえながらも、その根底に世の不合理を是正したいという要求が横たわっていたことを感じとっていたと私は思う。この夜に作ったほかの二首の歌も、「かゝること」ほどではないが、事件の衝撃をかくし切れずにいる、その息づかいの滲んだものだった。

いずれにせよ、「かゝること」の歌は、「大逆事件」に直接触れたはじめての啄木の短歌としてのみでなく、この事件にいちはやく反応した、日本近代文学史における最初の作品として記念されるべきものである。

「かゝること」の歌を作り、さらに十日ほど経った七月二六日夜に、啄木は十首の歌を作っている。これが、「明治四十三年歌稿ノート」に登場する第二番目の作品群である。この夜に作られた十首の歌を注意深く読むと、その作品にこもる思いの濃淡や深浅はさまざまだが、いずれも「大逆事件」の陰影をおびていることがわかる。啄木の心の動きを見るために、五首を挙げてみる。

故もなく海が見たくて海に来ぬ心傷みてたへがたき日に

忘られぬ顔なりしかな今日街に捕吏にひかれて笑める男は
はたらけど〳〵猶《なお》我が生活《くらし》楽にならざりぢつと手を見る
耳かけばいと心地よし耳をかくクロポトキンの書をよみつゝ
大いなる水晶の玉を一つほしそれに対ひて物を思はむ

これらを作った七月下旬前後、啄木は、『朝日新聞』の校正係として働きながら、天皇制国家権力の徹底した情報封鎖とたたかい、「大逆事件」に関する情報と資料の収集に全力をあげていた。啄木は、幸徳秋水ら十一名が死刑になった一九一一（明治四四）年一月二四日の日記に、「夜、幸徳事件の経過を書き記すために十二時まで働いた。これは後々への記念のためである」と書いている。そのようにして集めた資料や記録をまとめたものが、「日本無政府主義者隠謀事件経過及び附帯現象」だ。

ところが、これには事件の進展にとって重要な七月段階の記述が欠けている。したがって、啄木が七月二六日夜の十首を作った前後の、この事件についての感想を知ることはできない。

七月段階までに、被疑者二六名のうち、幸徳秋水、管野須賀子、宮下太吉、新村忠雄、大石誠之助、森近運平、奥宮健之、成石平四郎など十三名が逮捕され、起訴されていた。

当時、直接行動派の幸徳秋水と思想的に対立的立場にあった議会政策派の片山潜とその少数の同志たちは、『社会新聞』（週刊）の孤塁を守って、労働者を組織する仕事に奮闘していた。

『社会新聞』第六五号（一九一〇＝明治四三年七月十五日）は、この事件について全国の各新聞から関係記事を集めて特集している。それらを読むと、事件発生とともに、社会主義者への尾行、尋問などの「実にヒドイ迫害である」（片山潜「編纂便り」）状況が鮮明に浮かびあがってくる。同時に、天皇制政府の宣伝によって社会主義者を悪魔のごとく信じこまされた人びとによる社会主義者への迫害も激発していた。

『社会新聞』に片山潜は、「吾党《わが》の立場」という巻頭論文を書いている。それは、まさに「冬の時代」につき進んでいる激動のなかで、「われわれは常に正々堂々たる主張をもって立ち、終始一貫純正なる科学的社会主義者を鼓吹し来れる者」と主張し、「一層の耐忍《ママ》と一層の堅固なる志操と確実なる方針とをもって立たねばならぬ」と力説している。そして、春が来れば、氷雪に包まれた富士山も赤裸々の山となると述べて、焦《あせ》ってはならないと戒めている。

この時期の片山潜は、全力を傾けて「大逆事件」の真相を「万国社会党評論」や『ユマニテ』などを通じ、海外にむけて報告することで、諸外国にセンセーションをまきおこし、「大逆事件」への国際的な抗議運動の発展に貢献していたと、大原慧がその著『幸徳秋水の思想と大逆事件』（青木書店）で明らかにしている。

この片山潜の主張と行動は、歴史の発展への深い確信に支えられたもので、今日の日本の政治状況の中で読むとき、ひとしお感銘深い。

話を短歌に戻そう。七月下旬、十首の歌を作った前後の啄木のおおよその状況は、以上のようだった。このことをおさえながら、作品を見ていきたいと思う。

第一首目は、事件に密着した心の傷みである。二首目は、実際の目撃ではなかったにせよ、逮捕者への同情をあらわしている。四首目のクロポトキンは、幸徳秋水の『麵麭《パン》の略取』（一九〇九＝明治四二年一月、平民社刊）を念頭においてのことだろう。五首目で啄木は、自分の焦る心をおさえながら、水晶の玉のように透徹し、醒めた理性で、この事件の全真実を知りたいと思ったのだろう、その切実感が上句には滲んでいる。

ところで三首目の「はたらけど」の歌である。これは十首の作品の六番目に記されている。のちに『一握の砂』に収めるときに、三行書きにあらためられた。それによって、「はたらけど」の歌は、きわめて清新で内在的なリズムを作り出した。

はたらけど
はたらけど猶《なお》わが生活《くらし》楽《らく》にならざり
ぢつと手を見る

「はたらけど」のくり返しは、行替えと相まってみごとに生かされている。この第一行から第二行に移るとき、ある心理的時間が経過する。そして、その経過のなかで、いっそう労働に拍車をかけられていくさまが感じとれる。こうして、もっと、もっと、というふうに働いてはみたものの、生活はつらくなる一方である、これはどうしたことなのだ、どうしたらいいというのか――と、その原因をさがしあぐねているように、「ぢつと手を見る」。これだけで一行を独立させている。啄木は手を見ながら、自分の心の中をのぞいている。イメージは的確である。

すでに見てきたように、この歌を作ったころ、啄木は「大逆事件」の衝撃のただなかにいた。思想的に一大変革を経過しつつあったことは、のちの日記などから明らかだ。しかし啄木は、まだこの時点では、貧困を生む社会構造を正しくつかんでいたわけではなかったと思う。だが、ジリジリとそこに肉迫しつつあった。苦悩しながら、国家を、資本主義の矛盾を知りつくしたいと、まさにその「文学的革命心」を「高調」（宮崎郁雨宛の手紙）させていったのである。

啄木の「はたらけど、はたらけど」の歌が多くの民衆に愛されてきたのには、それなりに理由がある。日本のように、急速に、しかも特殊な形で資本主義の発展を遂げてきた国家では、一般大衆の生活は、常に貧しさのなかにおかれてきた。この歌ができて百年以上経った現在でも、この構造は続いている。日本の底辺の民衆は、それこそ何万べんとなく、この「はたらけど、はたらけど」の嘆きをくり返してきたのだ。

啄木のこの歌は、大衆の日常生活にわけ入って、そこに根をおろし、生活の苦しさを率直に歌いながらも、人びとを絶望への道にさそい込むのでなく、「ぢつと手を見る」しぐさで、明日への生きる力をはげましてきた。これは、日本の近代短歌史で、青年啄木だけが負った歌人としての光栄だった。

（４）「これよりポツポツ社会主義に関する書籍雑誌を聚《あつ》む」

一九一〇（明治四三）年六月から八月にかけて、啄木は社会主義関係の書籍や新聞を懸命に読みついだ。とりわけ、『平民新聞』などを克明に読んだと思われる。「大逆事件」に直面した啄木の、次第に張りつめてゆく思想と表現世界は、従来とは比較にならない社会批判と未来性とを反映するものになってゆく。

社会主義についての探求は、この二カ月ほどの期間に集中的に進められたと思われるが、残念ながら、一九一〇（明治四三）年の啄木日記は、四月一日から十二日までの十二日間と、あと四月二五日、二六日の、合計十四日分しかない。ただ、「明治四十四年当用日記補遺」として、前年中の「重要事項」を書いているので、基本的な動向はそれで知ることができる。

「六月――幸徳秋水等陰謀事件発覚し、予の思想に一大変革ありたり。これよりポツポツ社会主義に関する書籍雑誌を聚《あつ》む」

「思想上に於ては重大なる年なりき。予はこの年に於いて予の性格、趣味、傾向を統一すべき一鎖鑰《さやく》（錠と鍵：引用者）を発見したり。社会主義問題これなり。予は特にこの問題について思考し、読書し、談話すること多かりき。ただ為政者の抑圧非理を極め、予をしてこれを発表する能わざらしめたり」

「また予はこの年において、かつて小樽において一度逢いたる社会主義者西川光二郎君と旧交を温め、同主義者藤田四郎君より社会主義関係書類の貸付を受けたり」


右の明治四三年の「重要事項」の要約からだけでも、「大逆事件」の衝撃の大きさと、それに伴って社会主義への関心を進めていく、青年啄木の緊張した姿がほうふつとする。

啄木はこの「重要事項」の中で、社会主義関係の本を「ポツポツ」集めはじめた、といっている。それは、まったく「ポツポツ」だったに違いない。一家の生活を必死で支え、また、蓋平館別荘に住んでいた時代の借金も百円以上が残っていた。その啄木にとって、本を買う余裕なぞ、ほとんどなかったといってよいだろう。啄木の社会主義への知的関心を充足するためのもっとも現実的な道は、藤田四郎から関係書籍を借りることだった。

藤田四郎は社会主義者で、神田仲猿楽町二〇番地で「豊生軒」という牛乳店を営んでいた。当時啄木の住んでいた本郷弓町の「喜之床」から、ものの十五分とかからない位置にあった。当時のミルクホールは、「最初は牛乳とパン、ドーナッツ程度のものを供していたが、後には、いつも店に新聞と官報を置き、新聞、官報閲覧所という看板を出すようになった」(『明治事物起源事典』『解釈と観賞』)という。

啄木が、「一利己主義者と友人との対話」で、「近所にミルクホールがあるからそこへ行く。君の歌もそこで読んだんだ。何でも雑誌をとってる家だからね」といっているミルクホールは、間違いなく「豊生軒」だろう。当時の地図でみると、「大逆事件」の特別弁護人をつとめた平出修が一九〇五（明治三八）年に開いた法律事務所は、神田北神保町二の位置で、「豊生軒」とは至近の距離にある。

神田は当時も学生の街だった。一九〇三（明治三六）年に「専門学校令」が制定されて以来、各種の私立学校が設置されるようになり、軒を並べていた。「豊生軒」のあった仲猿楽町だけでも、たとえば、明治簿記学校、順天中学校、育英高校、東京数学院、数学専修義塾、静修女学校など、十指を超える学校が存在していた（『千代田区史』による）。

また、神田は労働者の街でもあった。いわば労働運動の中心地だった。それは、ひとつには小石川の砲兵工廠が近くにあり、もうひとつは、当時少なかった演説会場や集会場が神田には多かったからだろう。「豊生軒」は、このような神田の中心地帯にあったから、このミルクホールは繁昌していたと思われる。

啄木が藤田四郎とどんなルートで知り合ったかはどこにも書かれていない。さきに引いた「一利己主義者と友人との対話」からうかがえる感じでは、神田あたりを歩いていて、たまたま見つけたようにも思える。西川光二郎に紹介されたと考えるのが一番可能性がありそうだ。あるいは、平出修か、新聞社の社会部の記者から聞いた可能性もあり得るだろう。要するに金がなく、しかも「大逆事件」の真相を追究するために社会主義関係の資料を求めていた啄木にとって、この純良牛乳店「豊生軒」の店主藤田四郎は願ってもない協力者だった。

啄木の死後に「行李の底」から発見された「国禁の書」は、吉田孤羊の『石川啄木と大逆事件』(五九頁〜六〇頁)によれば、次の十九冊だった。文学書は一冊もない。

①『社会主義』(村井知至、明治三四年)、②『日本の労働運動』(片山潜・堺利彦、明治三四年)、③『社会主義活弁』(高橋五郎、明治三八年)、④『帝国主義』(幸徳秋水、明治三六年)、⑤『経済進化論』(田添鉄二、明治三七年)、⑥『社会と主義』(モーレー著、柴田由太訳、明治三八年)、⑦『社会主義評論』(千山万水楼主人〔河上肇〕)、明治三九年)、⑧『無政府主義』(久津見蕨村、明治三九年)、⑨『純正社会主義の哲学』(北輝次郎、明治三九年)、⑩『純正社会主義の経済学』(北輝次郎、明治三九年)、⑪『社会主義綱要』(森近運平・堺利彦、明治四〇年)、⑫『平民主義』(幸徳秋水、明治四〇年)、⑬『社会主義神髄』(幸徳秋水、明治四〇年)、⑭『秘密結社』、⑮『国際平和論』、⑯『新社会政策』、⑰『社会主義研究(合本)』、⑱『社会の進歩』、⑲『THE TERROR IN RUSSIA』(クロポトキン)。

これらのうち、どれが啄木自身のもので、どれが藤田四郎などから借りたものかはわからない。ただ、当時の啄木の生活状況からすれば、これらのほとんどが借りたものと推測される。

また、啄木の「大逆事件」および社会主義追求に関する資料上の提供者は、前半の中心は藤田四郎で、一九一〇(明治四三)年十一月に平出修が「大逆事件」の特別弁護人となると、入れかわるという関係だったろう。

いずれにせよ啄木は、異常な努力を積み重ねながら、「幸徳事件　経過」を「後々への記念のため」に書きのこした。そのひとつが、「日本無政府主義者隠謀事件経過及び附帯現象」であり、もうひとつが、「A LETTER FROM PRISON：'V NAROD SERIES」だった。

(5)「先ずこの時代閉塞の現状に宣戦しなければ」

啄木の評論「時代閉塞の現状」は、『東京朝日新聞』の八月二二日と二三日の文芸欄に載った魚住折蘆《うおずみせつろ》の評論「自己主張の思想としての自然主義」に対する反論として書かれた。

啄木より三歳年長の魚住折蘆は、東京帝国大学出の、新進気鋭の評論家で、一九〇三（明治三六）年五月、「厳頭之感」の詩を残して日光華厳の滝に投身自殺した一高生藤村操《みさお》と同級だった。この事件は世間に衝撃を与えた。人生とは何ぞやと悩む哲学青年たちが、華厳の滝に飛び込んで自殺する事件が相ついだという。「厳頭之感」とは次のようなものだった。


「悠々たる哉天壌、遼々たる哉古今、五尺の小軀を以て此大をはからんとす。ホレーショの哲学、竟《つい》に何らのオーソリテーを価するものぞ。万有の真相は唯一言にして悉《ことごと》す、いわく「不可解」。我この恨を懐て煩悶終に死を決す。既に厳頭に立つに及んで胸中何らの不安あるなし。

始めて知る、大《おお》なる悲観は大なる楽観に一致するを」（『明治・大正・昭和世相史』世界思想社）

この詩はよくできていると思う。ただ、死がかきたてる不安や恐れについて、「何等の不安なし」といい切っている純粋さは心を打つが、早熟とはいえ、二十歳そこそこで、「万有の真相」が「不可解」だから「死を決するに至る」とは、あまりにも性急だ。たった一回限りの生命、人間の尊厳というものをどう考えていたのかと、それこそ私には「不可解」だ。さまざまな不合理や、矛盾、葛藤のある社会で、真実に生きようとする意志が阻まれているからこそ、その打開にむけて、私たちは人間の尊厳をかけて生きなければならないし、たたかわなければならない。それ以外は、「哲学死」だろうと、何だろうと、現実逃避以外の何ものでもないと私は思う。

啄木が「時代閉塞の現状」の第二章で、国家に対する青年の無関心さに触れつつ、魚住折蘆の「自己主張の思想としての自然主義」を批判して「早くから我々の間に竄入《ざんにゅう》している哲学的虚無主義」をとりあげたとき、おそらく「厳頭之感」の藤村操のことが念頭にあったのだろう。話はそれたが、魚住折蘆にとって、同級生の藤村操の自殺が「大きな衝撃」だったことは、魚住折蘆の「年譜」にも書きとめられている。

魚住折蘆は、啄木より二年早い、『明星』創刊（一九〇〇＝明治三三年四月）の初期の段階に短歌を発表している。筑摩書房刊の『明治文学全集』第五〇巻（一九七四年十月三〇日）は、金子筑水・田中王堂・片山孤村・中澤臨川、それに魚住折蘆を加えた五人の作品を集めているが、この巻末に魚住の年譜が掲載されている。それによると、魚住の『明星』への出詠は、初回が一九〇〇（明治三三）年九月十二日刊・第六号：二首、第二回が、同年十一月二七日刊・第八号：一首、第三回が翌一九〇一（明治三四）年二月二三日刊・第十一号：四首となっている。

今回、本稿執筆のために改めて「明星」を調べてみて、「年譜」には出ていない一九〇一（明治三四）年八月一日刊・第十四号に掲載された短歌七首を発見した。資料的な意味もあると思うので七首全歌を次に紹介する。

才は足らず姿をとれり笑みも知らず狂はむすべはただ君に得ぬ
春ゆくに玉のさかづき何のはえぞ葡萄のあまき我わすれたり
よりそひて無限の岸の水に笑めみながら人の臆せる恋や
まどひうべ我れキリストに従はむ玉のさかづき血にとは云はじ
曳《ひ》きて行け縄目《なわめ》うけむに適《ふさ》ふ笑みや仰ぐにまばゆ闇の十字架
頬にのぼるくれなゐなきを我れ悔いず春かたくなの十九の旅寝
われ酔へりここに葡萄のさはれ人《ひと》次の注《つ》ぐ手の苦きも知りぬ

魚住折蘆の『明星』第八号での筆名は、「人間」という変わったものだったが、ほかはすべて「梔花」である。魚住はこのとき十八歳、東京の京北中学の五年生だった。一九〇一（明治三四）年の啄木は、盛岡中学の四年生で十五歳。文学的関心を強め、作歌に意欲を示し、後に妻となる堀合節子との恋愛も急速に進み、学業成績は頓《にわか》に低下傾向にあった。啄木の『明星』への初登場は、折蘆より二年遅れて、一九〇二（明治三五）年十月号で、次の一首であった。

血に染めし歌をわが世のなごりにてさすらひここに野にさけぶ秋

白蘋《はくひん》の筆名で掲載された、いかにも浪漫主義的気配を漂わせた歌である。伝記的生涯から見れば、その象徴的表現とも思わせる。洗礼をうけたクリスチャンである折蘆の歌は、写生的で、歌い方もまだぎこちない感じがある。

ともあれ、『明星』初登場の二人の短歌についてのみいえば、啄木のほうに一日の長があるといえる。折蘆年譜によれば、「この頃新派の和歌に親しみ、なかでも窪田空穂の作を好んだ」とあるが、折蘆にとっては、『明星』はあまり居心地の良いものではなかったらしく、『明星』創刊第二年次で、短歌の出詠は終わっている。

魚住折蘆の評論「自己主張としての自然主義」は、二回分あわせても四〇〇字原稿用紙九枚程度であまり長いものではない。魚住自身も、啄木と同様に自然主義の行きづまり状況に強い関心を抱いていた。魚住論文は、自然主義の本質解明に向けて一定の積極性をもつと、啄木は評価している。

しかし、啄木の「時代閉塞の現状」は、魚住のもっていた、とくに国家＝強権認識の弱点をえぐり出した。自然主義と自己拡充、自己主張の両者が「相容れざる矛盾」をもちながらも「奇なる結合」をしているのは、「オーソリティ」（権力）を「怨敵」としていたからだと主張する魚住に対し、啄木は、「怨敵」どころか、そもそも敵などもたなかったのだ、と痛烈に批判した。啄木はそれを明らかにすることで、自然主義をのりこえようとしたのだった。

日本の近代国家としての体制は、明治二〇年代、三〇年代の日清、日露の二回の戦争を通じて最盛期に入っていった。文学史的には、浪漫主義から自然主義への移行期である。この時期の日本資本主義はかつてない発展をとげつつあったが、反面、明治維新の変革による封建時代から近代社会への脱皮には微温的な面があったため、急速な近代化のかげにかくれていたさまざまな社会的矛盾が表面にあらわれてきた時期だった。その一般的な雰囲気は、すでに漱石の小説「それから」や、啄木のエッセイ「暗い穴の中で」などで見てきたが、それは、まさしく時代の行きづまりであり、閉塞状況だった。啄木は、自然主義の現状を、狭い文芸思潮としてでなく、時代全体の、とりわけ国家との関係に据えて、鋭い考察を重ねた。

「総《すべ》ての青年の権利たる教育」が、一部のものの特権となり、無法な試験制度がさらにこれをせばめ、「その在学時代から奉職口の心配をしなければならなくなった」ことや、「毎年何百という官私大学卒業生が、その半分は職を得かねて下宿屋にごろごろしている」実態をあげつつ、まだそれは幸福なほうで、「彼らに何十倍、何百倍する多数の青年は、その教育を享《う》ける権利を中途半端で奪われて」いる事態を啄木は告発している（圏点＝啄木）。この指摘には、今の日本の教育問題をも映し出すリアリティがある。

ことは、教育問題だけでなく、何か突発的な事故――戦争とか、豊作とか、飢饉とか――でも発生しなければ、少しも振興する見込みのない経済界の状態だったり、道徳心の低下、貧民や売春婦の急増、犯罪の激増等々が、まさに時代の閉塞状況の具体的な姿だと啄木は論じる。

　こうした混乱のなかで、「今や我々の多くはその心内において自己分裂のいたましき悲劇に際会しているのである。思想の中心を失っているのである」と、問題の核心をとり出す。

　そして、「国家は帝国主義でもって日に増し強大になって行く」のに、「自己主張の思想としての自然主義」が、一見強権を敵としているようだが、実はそうではなく、「当然敵とすべき者に服従」しているという「絶望的」な状況に、鋭く目を向けている。

「我々青年を囲繞《いじょう》する空気は、今やもう少しも流動しなくなった。強権の勢力は普《あまね》く国内に行亘《ゆきわた》っている。現代社会組織はその隅々まで発達している」

「かくて今や我々青年は、この自滅の状態から脱出するために、ついにその「敵」の存在を意識しなければならぬ時期に到達しているのである。……我々は一斉に起《た》って先ずこの時代閉塞の現状に宣戦しなければならぬ。自然主義を捨て、盲目的反抗と元禄の回顧とを罷《や》めて全精神を明日の考察――我々自身の時代に対する組織的考察に傾注しなければならぬのである」「明日の考察！　これ実に我々が今日においてなすべき唯一である、そうして又総《すべ》てである」

啄木の評論「時代閉塞の現状」で、もっとも白熱した光を放っている部分だ。失なった理想に代わり、啄木は、「明日の考察」を新しい理想としてかかげたのである。

ここに至るまでの啄木は、閉塞された絶望的な時代状況にあって、若き日の『明星』浪漫主義の影響にどっぷり漬かった唯美主義的傾向から、さらに自然主義へと進んできていた。そして、そこから当然おし出されてくる個人主義思想を極限まで追求していき、ついに「近代的自我」の敵としての国家＝強権（絶対主義的天皇制）の存在につきあたった。それは、文学の領域からの初めての、強権を敵と真正面に据えた戦いの宣言だった。

啄木は、こうして評論「時代閉塞の現状」によって自然主義と決別し、社会主義への自覚を積極的に高めていく。

しかし、この画期的な論文は、啄木の生前にはついに陽の目を見ることはなかった。おそらく、この原稿を受けとった『東京朝日新聞』の編集担当者は、絶対主義的天皇制の支配状況を、文芸の領域からとはいえ全裸に近く暴いてみせた、啄木の透徹した現状批判と展望――明日への考察――が、それこそ強権の弾圧なしには活字にできないだろうと判断したのではないか、と私はひそかに思う。

この評論が活字になったのは、啄木没後の翌年の『啄木遺稿』（土岐善磨編、一九一三＝大正二年二月五日、東雲堂）においてだった。

話はややそれるが、魚住折蘆の「自己主張としての自然主義」への批判として書かれた啄木の評論「時代閉塞の現状」が新聞に掲載されなかったことは、啄木にとってのみでなく、実は魚住折蘆にとっても不幸なことだったと、私は考える。魚住はプロテスタントではあったが、啄木ときわめて類似する個性の持ち主だったという感想を私はもつからだ。文学的表現の出発点として、『明星』をもっていたこともひとつの共通点である。折蘆は十九歳のときすでに、「我こころますます社会主義を歓迎す」（『折蘆書簡集』「年譜」一九七七年、岩波書店）と書き、また一九〇七（明治四〇）年ごろ、「日刊『平民新聞』は発売を禁止せらる。当局の迫害憎むべし」（前掲書、二三五頁）と友人に書き送り、「『平民新聞』は廃刊以来いかにせしや。社会問題に対する興味は今も小生の大なる刺激に候」（同二四九頁）と兄に宛てて書いてもいた。もし、啄木の評論を魚住が読んでいたら、今度は二八歳の魚住折蘆が、自身の思想を大きく展開、発展させていたのではないか、という想像は捨てきれない。

啄木の思想を飛躍させた、魚住折蘆の「自己主張としての自然主義」は、『折蘆書簡集』の年譜によれば、一九一〇（明治四三）年八月九日、病床での口述筆記だった。魚住折蘆は、その年の十二月九日に二七歳十一カ月で病死した。

(6)「九月の夜の不平」

一九一〇（明治四三）年九月九日夜、啄木の心には、「大逆事件」への思いと、「時代閉塞の現状」を書き上げたその充実感がまだ尾をひいていた。日本の現状と、そのはるかな前途に対する思いが激しくわき重なっていた。

啄木は、「大逆事件」用ともいうべき、「明治四十三年歌稿ノート」を開き、そこに「九月九日夜」と題して三九首の歌をしっかりと書きとめた。この中から五首を選んで考えてみる。

常日頃好みて言ひし革命の語をつゝしみて秋に入れりけり
秋の風われら明治の青年の危機をかなしむ顔なでゝ吹く
地図の上朝鮮国に黒々と墨をぬりつゝ秋風を聞く
時代閉塞の現状をいかにせむ秋に入りてことにかく思ふかな
明治四十三年の秋わが心ことに真面目になりて悲しも

第一首目を見てみよう。いままで、現実の苦しさへの反抗や反発のあまり、軽はずみに「革命」などという言葉を口にしてきた啄木であった。自分の子どもでさえも「労働者」とか、

「革命」という言葉を覚えてしまったのだが、そんな浮わついた気持ちであってはなるまい。現に「革命」というような問題に関連して、こんな大事件が起きているのだから——そう自分の心に言い聞かせながら、秋の季節に入ってきている、という意味だろう。

第二首目は、このような事件が起こり、それに徹底した弾圧を加えている天皇制政府、時代は、まさに末期的な危機のなかにあるのではないかと思い苦しんでいる、その青年たちの頬を秋風が、なぐさめ顔にやわらかに吹きなでていくことよ——という内容である。

第三首は、「大逆事件」が起きた二カ月後に行なわれた「韓国併合条約」にかかわる歌である。啄木が「九月九日夜」の一連を作歌した二〇日ほど前、つまり、一九一〇（明治四三）年八月二二日、日本帝国主義は、数十隻の軍艦を釜山と仁川に送り、大軍をもって京城の宮廷を包囲して、軍事的な弾圧のもとに、韓国併合条約に調印させ、ついに朝鮮全土を日本の植民地支配のもとにおいた。日清・日露の両戦争以降の日本の植民地主義的な野心は、朝鮮半島に焦点を据えたものだった。友好国から保護国へ、保護国から植民地へと露骨に政策が進められてきた。このことは、一九〇四（明治三七）年八月二二日の「日韓議定書」を皮切りに、その後、二、三年ごとに三度にわたって重ねられてきた「日韓条約」（一九〇五年十一月）、「日韓協約」（一九〇七年七月）、そして「韓国併合条約」（一九一〇年八月）に至る推移を一瞥《べつ》しただけでも明らかだ。

明治政府は、朝鮮民族からあらゆる自由を剝奪し、徹底した武断政治を布いた。他国の人民の自由を奪うものが、自国の人民の自由などを守るはずのないことは、「大逆事件」のまっただ中にあった啄木には、あまりにも実感的で明瞭なことだった。そこに、祖国を失なって慟哭する朝鮮人民への共感と、深い連帯の感情が湧いてきたことは、想像に難くない。

　啄木の前に、朝鮮半島が新しく赤い色で塗りこめられ、日本の領土となったことを示す地図がある。啄木はその赤い朝鮮半島を、墨で端から黒ぐろと塗りつぶしているのである。墨は、鎮魂の色である。朝鮮民族に思いを重ねながら、啄木の朝鮮半島に墨を塗る手は、半島全部を黒く塗りつぶすまで続けられただろう――。

　この歌は墨を塗ることで、国際連帯の感情を鮮やかに具象化している。日本帝国主義の植民地政策への批判を、戦前にこれほど国際連帯の立場から歌いあげた作品は絶無だった。ここにも、啄木が「大逆事件」に遭遇するなかで切り開いていた高い思想と文学がうかがえる。この歌は、戦後日本の教科書問題にもかかわるので、後にあらためてふれる。

　四首目にうつりたい。時代はまさに八方ふさがりである。この現状をどうしたらいいのだろう？　「大逆事件」が起きてから二カ月あまり、ひたむきにそのことを考えながら過ごしてきて秋となってしまったが、秋風の音を聞きながら、またことさらにそのことを思うのだ、という意味である。

　五首目である。啄木は、一九一〇（明治四三）年の秋の自分の内面をあらためて凝視している。いままではなんとなく地につかない考えや行動、さらには虚無的で、投げやり的な態度があった、しかし、今は本当にまじめに考えている。しかも、考えれば考えるほど、この国の現実には悲しくなる、と歌っている。

これら五首を通じていえるのは、「大逆事件」の衝撃で研ぎ澄まされた、啄木の旺盛な批判精神と鋭い洞察力が、日本の現実と日本の植民地支配に苦悶する朝鮮民族の慟哭とをしっかり重ね合わせている、ということだ。これらの作品に内包するリズムは、啄木に長いあいだまとわり続けてきた、あの『明星』調の甘い、軽薄なリズム感を打ち破っている。

そしてなによりも、これらの作品群には、日本の伝統的短歌に呪縛《じゅばく》のようにまとわりついてきた、内ごもる、ひよわな詠嘆をのりこえ、その視野は歴史的、社会的な方向へと展開して、新たな叙情の世界への質的な発展が見られる。

啄木は、「九月九日夜」の作品のほとんどである三六首を、「九月の夜の不平」と題して、若山牧水の主宰する雑誌『創作』十月号の原稿として送っている。啄木の第一歌集『一握の砂』は、この年の十二月一日付で東雲堂書店から発行された。当然「九月の夜の不平」の一群の作品も収録されることになるのだが、啄木は、前出の五首の作品と次の三首の計八首を歌集から省いている。

何となく顔がさもしき邦人《くにびと》の首府《しゅふ》の大空を秋の風吹く

今思へばげに彼もまた秋水の一味なりしと知るふしもあり
この世よりのがれむと思ふ企てに遊蕩《ゆうとう》の名を与へられしかな

これら三首は、さきにあげた五首の作品とくらべると、詩的緊張感は弱く、作者の主体性もあいまいである。しかし、まぎれもなく「大逆事件」に触発された作品である。八首の歌を『一握の砂』から除いた啄木には、「大逆事件」後の明治政府による相次ぐ発禁措置への懸念があったのだろう。この発禁措置は一九一〇（明治四三）年九月三日、四日を皮切りに、九月六日、九日、十三日、十四日、二〇日と続く。啄木の「九月九日夜」は、そのまっただ中での作歌だった。

発禁本研究者の城市郎は、その著『発禁百年』（一九六九年、桃源社）で、この発禁処置は未曽有のもので、「〝主義文献〟は単行本にかぎっても七四点、八四冊が年代をさかのぼって追求」（二〇六頁）され、それはまさに「根こそぎ掃蕩」だったと書いている。『朝日新聞』校正係の石川啄木は、この状況を日々目にしていただろう。発禁への警戒は、当然すぎるほど当然だった。

八首の歌のうちの数首は啄木短歌の絶唱であるにもかかわらず、歌集『一握の砂』に収録しなかった。そのときの啄木の心境は、時代の反動化と立ち向かいながら、歯ぎしりする思いだったに違いない。しかし、表現者であるなら、たとえ影のようであっても、「大逆事件」

にかかわる思いを残したいと当然考えたのだろう。啄木は、「明治四十三年歌稿ノート」から、「はたらけど」の歌を作った翌朝（七月二七日）に作った五首のうちの二首を改作して、『一握の砂』の中に注意深くまぎれ込ませた。原作の二首を次に揚げる

赤紙の表紙手ずれし国禁の書よみふけり秋の夜を寝ず
ことさらに燈火を消してまぢ〳〵と革命の日を思ひつゞくる

七月二七日朝に作った五首は、ほとんどそのまま、八月七日の『東京朝日新聞』に発表した（「赤紙の」の歌の「秋の夜」は「夏の夜」としている）。ところが、この二首を、『一握の砂』では、次のような姿にして出している。

赤紙の表紙手擦《ず》れし
国禁の
書《ふみ》を行李《こうり》の底にさがす日

ことさらに燈火《ともしび》を消して
まぢまぢと思ひてゐしは

わけもなきこと

二首とも、「ノート」記載の原作のほうが、はるかにリアリティがあり、すぐれている。前歌はまさに啄木にとって現在進行中であった「国禁の書」とのとりくみを、歌集作品では過去のものにした。そのため、作品の緊張感は極度にゆるめられてしまった。二首目では、啄木は完全にモチーフをぼかしてしまっている。まさに改悪だ。そうしたうえで、啄木はなお、「ことさらに」は歌集の最初のほう（七九番目）におき、「赤紙の」の歌は、終りの部分（五〇七番目）へと大きくひき離した。

二首の作品時間を今から過去に変えたことは、『一握の砂』での過去回想という大きな時の流れに沿わせたと見ることができなくもない。しかし、これは、単に編集上の問題ではなく、すでに述べてきた「九月九日夜」の作で、八首を用心深く『一握の砂』から除いたことと一体的に見るべき問題だろう。そうしたときに初めて、啄木のこの二首の扱いに対する真の意図が明らかになると思う。

啄木は、のちに書いた「日本無政府主義者隠謀事件経過及び附帯現象」の中で、八月四日の項に次のように書いている。

「文部省は訓令を発して、全国図書館において社会主義に関する書籍を閲覧せしむることを厳禁したり。後内務省もまた特に社会主義者取締に関して地方長官に訓令し、文部省は更に全国各直轄学校長及び各地方長官に対し、全国各種学校教職員もしくは学生、生徒にして社会主義の名を口にする者は、ただちに解職又は放校の処分をなすべき旨内訓を発したりと聞く」

これは、すさまじい思想弾圧の嵐だった。そして、啄木は次の「九月六日」の項に続けて、社会主義に関係もないのに狂気の治安当局は、「社会」とあっただけで「昆虫社会」という本さえ問題にしたことを、「ほとんど一笑にも値いしがたし」と書いている。

(7)「地図の上朝鮮国に黒々と墨をぬりつ、秋風を聞く」――「韓国併合」

前述した「韓国併合」に向けた、啄木の錐のような批判の歌をもう一度掲げる。この歌は、戦後日本の教育と深いかかわりがあるからだ。

地図の上朝鮮国に黒々と墨をぬりつゝ秋風を聞く（「九月九日夜」）

「韓国併合」の正式発表は、当初の予定より二回ほど延びて一九一〇（明治四三）年八月二九日だった。八月二九日付の『官報』は、「韓国併合」に関する十六頁の異例の号外を発行した。

これには、「併合」に関して天皇の大権（議会の審議不要）にもとづいて発せられる「勅令」が、「第三百十八号」から「第三百三十九号」まで洪水のように並んでいる。この「勅令」の先頭を占める第三百十八号は次のようなものだった。

朕韓国ノ国号ヲ改メ朝鮮ト称スルノ件ヲ裁可シ茲《ここ》ニ之ヲ公布セシム

御名　御璽

明治四十三年八月二十九日

内閣総理大臣　侯爵桂太郎

勅令第三百十八号

韓国ノ国号ハ之ヲ改メ爾今《じこん》朝鮮ト称ス

附則

本令ハ公布ノ日ヨリ之ヲ施行ス

右の「勅令」にはじまる二二本の「勅令」は、天皇の名において、植民地としての韓国における政治・経済・軍事・教育などの統治の基本のすべてを明示したものだ。

「勅令第三百十八号」の意味することとは、絶対主義的な天皇制のその天皇の名において韓国の国号を剝奪し、北海道、本州、四国、九州と同じような単なる地方名としての「朝鮮」におとしめることであり、「韓国併合」の帝国主義的な本質をもっとも鮮明にしている。もはや朝鮮半島に「国」は存在しなくなったと宣言しているのだ。

啄木は、「勅令三百十八号」の意味するところを十分すぎるほど承知していただろう。それにもかかわらず、あえて「朝鮮国」と歌ったのはなぜか。ここのところに、啄木歌「地図の上朝鮮国に黒々と」の作品の本質をさぐるうえでの重要問題がひそんでいる。

啄木は、どこの地図にもあり得ない「朝鮮国」をその作品のイメージ上に現出させた。この「国」の一語の導入は、単に一首における歌の調子、リズムの問題ではなく、まさに「思想」の問題だった。

「時代閉塞の現状」を書き終えたばかりの啄木だった。啄木はその中で、厳しく「強権」の存在を告発していた。その執筆から幾日もおかない九月九日の夜に、「韓国併合」に対する厳しい批判を、日本の伝統的詩形式の短歌を用いて、歌に「国」を書き入れることによって啄木は示した。それは、「勅令」にあらわれた「強権」に対する啄木の抵抗と批判をさらにおし進めることになった、と私は考える。

従来、啄木の「地図の上」の作品を論ずる場合、言葉としての「国」は、ほとんど評者の視点から流されていたように思う。啄木のこの歌は、一句切れから二句にさりげなく及んで、その先に「黒々と墨をぬ」る強烈なイメージを展開していることから、読者の心理は思わずそこに吸いよせられてしまうからだろうか。私自身も長くこの歌の理解はそうだった。しかし、

「勅令第三百十八号」を読み返すとき、「国」に込めた啄木のメッセージを聞く思いがするのだ。

　天皇の名によって剝奪された国家と民族への鎮魂の思いとともに、啄木が作品に持ち込んで命名したのが「朝鮮国」だった。

　それは〝遠い先〟での「国」を象徴してもいた。啄木は「朝鮮国」によって未来を呼びこんでいたのである。国号が「朝鮮国」から「大韓帝国」に変わったのは一八九七（明治三〇）年だから、啄木の込めた思いには〝近い将来〟もあったかもしれない。自主独立の民族の自決権を奪われ、祖国を奪われた民族が、いつかは必ずみずからの「国」をとり戻すだろうとする、これは啄木の鋭い洞察だった。この歌にはそうした啄木の〝思想〟が込められている。

　戦後、啄木歌「地図の上朝鮮国に黒々と」の歌が、文部省検定の小学校教科書に初めて登場したのは、中教出版の『あかるい社会――新版』（六年の上、一九五五年）である。

　この教科書の執筆・編集陣は、宮原誠一、高橋碩一、周郷博、古川原、桑原正雄、小川徹、日高六郎、長洲一二、それに中教出版編集部の徳武敏夫の計九名で、いずれもすぐれた教育学者、歴史学者、社会学者たちだ。著作者の代表は周郷博で、装幀は永井潔が担当している。この教科書には「韓国併合」にかかわる次のような一節があった。

　若い詩人の石川啄木は、そのころ、つぎのようにうたいました。
　地図の上　朝鮮国に　くろぐろと

すみをぬりつつ　秋風をきく

日本は、朝鮮を合併すると、日本人の総督が朝鮮の政治をとることになりました。それからは、朝鮮のこどもたちは、学校で、朝鮮語や、朝鮮の歴史を自由に勉強することができなくなりました。

朝鮮の農民のなかには、土地をうしない、故郷をすてて、あてもなく働きに出ていくものがふえました。

小学校六年生という発達段階にふさわしく、「韓国併合」の本質を歴史の真実に立ってわかりやすく記述している。

しかし、四年後の『あかるい社会──改訂新版』（六年の上・一九五九年）では、啄木歌は完全に姿を消し、その記述内容は、「一九一〇年（明治四十三年）には韓国を併合して、ますます大陸へ力をのばし」と、たった二行の記述に大幅後退している。この教科書の文部省検定はその前年の一九五八年に行なわれた。

文部省は一九四五年八月一五日の敗戦以降も、戦争中の国定教科書を新しい教科書に切りかえなかった。戦時の教材を墨で塗りつぶして使うことを文部省は指示していた。

一九四六年十一月に日本国憲法が公布され、これを基礎に、一九四七年三月に教育基本法と学校教育法が公布され、戦後の民主教育の土台が据えられた。「六・三制」の学校制度も同時に発足した。教科書検定が四九年度から実施されて、五〇年以降は国定教科書は廃止にした。つまり、明治以来の国定教科書は、実に戦後五年間も生きのびていたのだ。

一九五五年度用『明るい社会』（新版）の本文に、「韓国併合」についての正しい歴史認識の記述とともに登場した啄木歌「地図の上朝鮮国に」は、四年後には早くも文部省の検定強化のなかで姿を消した。教材としての啄木歌は、なぜ姿を消さざるを得なかったのか。それは、啄木歌の本質と深くかかわる。

つまり、教科書本文に正規の教材として啄木歌「地図の上朝鮮国に」が存在する限り、教師は子どもたちにこの歌の意味内容を説明せざるを得ない。それは必然的に、植民地の問題、一国の主権と民族の自由を剝奪した問題、さらには言葉も土地も奪い、創氏改名をおしつけ、強制連行や従軍「慰安婦」などを生み出した歴史の真実にもふれなければならなくなる。太平洋戦争を「聖戦」化し、「神の国」の再現を目ざす勢力には、こうしたことが許せなかったのは明らかだ。

啄木歌の小学校教科書『あかるい社会』（新版）への登場と退場は、戦後民主主義をめぐる進歩と反動の切迫したつばぜり合いの、ひとつの象徴でもあった。

その意味で、啄木の「地図の上朝鮮国に」の歌は、「九月九日夜」の作品群ではきわだって重要な意味をもつものだった。啄木は、この歌で、朝鮮民族の未来をその視野に入れただけでなく、日本人による正しい歴史認識のリトマス試験紙のような役割も付与したとさえ思えてくる。

啄木のこの歌に関連してぜひつけ加えておきたいことがある。それは、本稿準備の過程で見つけた『大阪平民新聞』（第五号、一九〇七＝明治四〇年八月一日）の小さな記事のことだ。その全文を次に引く。

◎社会主義者有志の決議

東京に在る社会主義者中の有志は去月《きょげつ》二十一日朝鮮問題に関して左の決議を発表し、同時に外国文に反訳して欧米の新聞雑誌に送付したり、

われわれは朝鮮人民の自由、独立、自治の権利を尊重しこれに対する帝国主義的政策は万国平民階級共通の利益に反対するものと認む、故に日本政府は朝鮮の独立を保障すべき言責に忠実ならんことを望む

千九百七年七月二十一日　東京　社会主義者有志

この決議がなされた一九〇七年七月二一日は、第三次日韓協約の成立（七月二四日）の三日前にあたる。同じ名称の日韓条約が三つ続いてあるので、一般に成立順に番号がふられている。第一次日韓協約（日韓議定書）は、一九〇四（明治三七）年二月二三日だった。日露開戦（二

月十日）の直後のこの「協約」で、韓国の自主的な外交権限が日本に従属させられた。

第二次日韓協約（日韓保護条約＝乙巳条約）は、翌一九〇五年十一月十七日で、韓国を日本の保護国にした。これによって韓国は、国際的に独立国としての地位を失うことになった。

第三次日韓協約は、前述した日程で、この協約で韓国軍隊は解散させられる。

そして、総仕上げとしての「韓国併合」によって、すでにふれてきたが、韓国は「国」の称号を奪われ、完全に日本の植民地とされて、一三九二年以来の李朝は滅亡することになる。

明治の社会主義運動は、その限界性のひとつとして、全体的に韓国問題、植民地問題への論述はきわめて弱かったが、そうしたなかでの田添鉄二の朝鮮問題への鋭い視線を掘り起こしたのは、岡本宏著『田添鉄二——明治社会主義の知性』（一九七一年、岩波新書）だった。

田添鉄二は、当時のキリスト教社会主義の機関誌『新紀元』（月刊、一九〇五＝明治三八年十一月十日〜一九〇六＝明治三九年十一月十日）第三号から終刊号までの九回にわたって、「世界平和の進化」を連載している。岡本宏は前掲書で、日本による韓国の植民地化について「怒りにみちた言葉で植民帝国についての論述」（二〇五頁）をしているとして、次のような田添鉄二の論文の一節を引用している。

「曰く高圧手段！　曰く大砲と銃剣とを前鋒とせる外交！　かくして半島の独立は掠奪せられ、朝鮮民族の社会的生活は蹂躙せられたるなり。これ豈《あ》に独り朝鮮の惨事のみならんや」

「斯《か》くの如くにして世界の地図は青く赤く黒く、緑りに、黄に、劃線せられ彩色せられたるなり。（中略）朝鮮民族の自由、独立、幸福、生命、財産は、蹂躪掠奪せられたるなり、否現にせられつつあるなり。

嗚呼《ああ》これ天乎果た人乎、苟《いやしく》も虚心にして近世史を誦するの人、誰か吾人と同一の感慨に打たれざるものあらんや」（前掲書、一〇五頁〜一〇六頁）

『新紀元』のあとを継いだ日刊『平民新聞』にも、田添鉄二は「満韓殖民政策と平民階級」を四回にわたって連載し、日本の帝国主義的な植民地政策に反対をしている。

前記の「東京　社会主義有志者」名の「決議」は、思想的には田添鉄二の主張と重なりながら、組織的にはこの時点で、幸徳・堺を中心とした直接行動派と、片山潜・田添鉄二の議会政策派との分裂は決定的なものとなり、機関誌は、前者が『大阪平民新聞』（一九〇七＝明治四〇年六月一日創刊・月二回刊）に拠り、後者は『社会新聞』（一九〇七＝明治四〇年六月二日創刊・週刊）に拠ることになった。したがって、「決議」には幸徳秋水の影響がうかがえる。

いずれにしても「決議」は、第三次日韓協約締結の前夜のもので、日本の社会主義運動の当時の限界をもちながらも、精一杯の歴史的意味をもつといってよいだろう。しかし、この件が、詳細をきわめた『社会労働大年表』（大原社研編）にも、岩波書店の『日本文化総合年表』にも所載されていないのは惜しいことだ。

啄木が「朝鮮国に」の歌を作ったとき、『大阪平民新聞』のこの「決議」を読んでいたかどうか、たしかなことはわからない。しかし、「大逆事件」から特に二カ月間、「時代閉塞の現状」を書き上げるころまで、集中的に社会主義関係の文献を読んでいたことは、啄木自身も記しているし、作品の上にさまざまな濃淡の影を落としていることからもわかる。

さきに述べた田添鉄二の『新紀元』の論文の一節と、啄木の「朝鮮国に」の歌を、次に並べてみる（傍線＝引用者）。

「斯《か》くの如くにして世界の地図は青く赤く黒く、……朝鮮民族の自由、独立、幸福、生命、財産は、蹂躙せられたるなり」

「地図の上朝鮮国に黒々と墨をぬりつゝ秋風を聞く」

この傍線部分を含めて読みくらべると、啄木が『新紀元』の田添鉄二の論文を読んでいたことが自然に感じられる。これは、本稿を書くまで私自身も気づかなかった。啄木歌に対する理解がいまだ不十分だったことを痛感させられた。

日本の社会主義運動が、「大逆事件」以後の「強権」の弾圧によって、それこそ根こそぎにされようとしているとき、「東京　社会主義有志の決議」は、そこから一歩も進められない状況にあった。そのとき啄木は、短歌の領域で、表現を一歩を進めて、「韓国併合」への抗議と怒りを表明し、とりわけ天皇の名において奪った「国号」を奪い返すように、その作品の中に、未来を予見するあらたな「朝鮮国」を現出させた。こう考えれば、「決議」と啄木歌の「朝鮮国に」の歌は、まさしく歴史の黙契者の地点に立っていた、というべきだろう。

ところで、当然のことだが、明治天皇制政府の韓国植民地化の過程では、抗日義兵闘争といわれる、朝鮮人民による熾烈な抵抗があった。その実態を知ることなしには、一九〇九（明治四二）年十月二六日——この日に、家出していた啄木の妻節子が、啄木のもとに帰ってきた——に起きたハルピン駅頭での安重根《アンジュングン》による伊藤博文暗殺という衝撃的な事件の本質に迫ることはできない。

「韓国併合」一〇〇年に当たる二〇一〇年はじめに刊行された『日本近現代史を読む』（宮地正人監修／大日方純夫、山田明、山田敬男、吉田裕著、二〇一〇年、新日本出版社）は、戦後研究の成果に立って、朝鮮人民の抵抗闘争を次のように説明している。

「一九〇七年に韓国軍隊が強制的に解散されると、旧韓国軍の将兵たちの多くが、蜂起して農民義兵に合流し、反日義兵闘争は組織的な戦闘力を高めて韓国全土をおお」った。これに対し、「日本軍＝朝鮮駐剳《ちゅうさつ》軍は、村々を焼きはらい、ゲリラ闘争を続ける義兵を大量に殺害し、あわせて日本軍に非協力的な民衆もみせしめに殺傷し」た。そもそも、「義兵とは正規の軍隊の兵士ではない、自らの意志で武装闘争に立ち上った義勇兵のことを指」す。「義兵闘争のピークであった一九〇八年には、日本軍と交戦した義兵の数は六万九、八三二人、殺傷されるか捕虜となった義兵も一万四、六九八人におよんだとされてい」るという。また、「戦前期日本の植民地支配の最大の特徴は、同化主義＝皇民化政策（植民地住民を内面的にも「日本人」にする）という点にあり」、「日本による支配＝皇民化政策は、既存の朝鮮民族の文化的・伝統的一体感を破壊しようとするものであったため、きわめてはげしい抵抗をうけ、さらに今日まで継続する嫌悪感を生み出した」（前掲書、六三頁〜六四頁）とある。

安重根は、ハルピン駅で伊藤博文を射殺してロシア憲兵に捕えられた後の取り調べで、自分を、組織された義兵闘争の「大韓義軍参謀中将兼特派独立中将」だと明言していた（『図録・評伝安重根』六四頁、統一日報社編、姜昌萬監修、二〇一一年、日本評論社）。旅順の法廷では、「私は日本の裁判所で裁かれるいわれはない。私は義軍参謀中将として独立戦争をしているところであり、その一環として伊藤博文を撃った。したがって、私は刑事犯ではなく戦争捕虜だ」（前掲書、八三頁）と公然と主張してもいた。これは、道理の通った主張だった。

幸徳秋水が一九一〇（明治四三）年六月一日に湯河原で逮捕されたとき、警察が差し押さえた『物件目録』には、安重根の写真があった。義軍の同志たちとの血盟の証しに、安重根は左手の第四指の先を切り落したが、その左手がしっかりと写っているものだ。それには「サンフランシスコ平民社の岡繁樹がつくった絵葉書に、『秋水題』という署名入りの漢詩が印刷してあった」（神崎清『革命伝説3』芳賀書店、一五五頁）という。秋水の漢詩は次のとおり（前掲書、一五七頁）。

舎生取義　生をすてて義をとり
殺身成仁　身を殺して仁をなす
安君一挙　安君の一挙
天地皆震　天地みなふるう

安重根の写真の下には英文の解説があり、それには「安重根　ハルピンで伊藤侯爵を暗殺した殉教者である。（中略）卓越した日本の無政府主義者・幸徳伝次郎が書いた詩の復写で、殉教者の勇敢な行動を賞讃している」と書かれていたという。秋水の作詩時期と英文解説とのあいだには、当然時間差があるように思うが、伊藤博文の暗殺以降、安重根の死刑執行直後ぐらいまでの時期につくられたものだろう。

いずれにせよ、当時の日本で、安重根にこのような深い理解を示したのは、幸徳秋水以外にはいなかったろう。秋水の国際的な歴史観を示すものとして注目に値する。

ここで、安重根の刑死に関係してその影を文学作品にとどめた二人にふれたい。夏目漱石と石川啄木である。

漱石が『朝日新聞』に連載した小説「それから」が終わったとき、校正係だった啄木がその完結を惜しんだことは前述した。漱石は、「それから」に続けて小説「門」を、一九一〇（明治四三）年三月一日から六月十二日までの一〇四回にわたって連載した。漱石が責任をもった文芸欄の校正は啄木が担当していたから、啄木はまた「門」を毎日読むことになったはずだ。

伊藤博文が安重根に暗殺されたのは、前年の十月二六日。安重根の死刑判決は、「門」の連載開始の二週間前の二月十四日で、安重根が旅順監獄で処刑されるのは、判決から四〇日後の三月二六日だった。情勢に敏感な漱石が、「門」の連載で、ことの発端である伊藤博文の暗殺にふれるのは、三月八日、八回目の連載においてである。

「門」の主人公宗助が妻のお米に、「おい大変だ、伊藤さんが殺された」と言って号外を見せる。しかし、少しも大変らしい声じゃないとお米が冗談半分に言う。そして、「どうして、まあ殺されたんでしょう」と宗助に聞くという一幕があった幾日か後のお米と宗助の会話。

「そう。でも厭《いや》ねえ。殺されちゃ」といった。
「己《おれ》見たような腰弁《こしべん》は殺されちゃ厭だが、伊藤さん見たような人は、哈爾賓《ハルピン》へ行って殺される方がいいんだよ」と宗助が始めて調子づいた口を利《き》いた。
「あら、何故《なぜ》」
「何故って伊藤さんは殺されたから、歴史的に偉い人になれるのさ。ただ死んで御覧、こうは行かないよ」（『門』岩波文庫・一九九〇年改版）

明治のナショナリズムの重圧の中でこのように書くのは、相当なことだ。安重根へ寄せる漱石の心の気配が感じられる。啄木がここを読んで何かを感じたという記録はない。一九一〇（明治四三）年の日記は、四月一日から十二日までと、二五日、二六日の合計十四日間だけだからだ。

しかし、「時代閉塞の現状」を書いた啄木が、「九月の夜の不平」（『創作』一巻八号・十月号）三四首の三一番目に置いた次の歌は、明らかに「門」のさきの部分を下敷きにしているといえるだろう。

誰《た》そ我にピストルにても撃《う》てよかし伊藤の如く死にて見せなむ

この歌は、「九月の夜の不平」では、これまでいろいろと述べてきた「地図の上朝鮮国にくろぐろと」の次に並ぶ。二つの歌は一体なのだ。「韓国併合」をおさえながら、安重根へ心を動かしている。気配といってよいこの心の動きは、漱石の「門」の一節に似通っている。

これは何だろうか。おそらく二人とも、すでに述べてきた「義兵闘争」についてのさまざまな情報を「朝日新聞」で共有していたのではないか、というのが現在の私の仮説である。当時の明治政府が、朝鮮での義兵闘争に関する真実の記事を新聞に載せることなど認めるはずがないが、朝日新聞社のような大メディアには、当然ながら自前の強力な情報網があった。

一九〇八（明治四一）年六月、伊藤博文に代わって曽根荒助が韓国統監に就任した。「その三週間後の七月六日、閣議で『適当ノ時期ニ於テ韓国ノ併合ヲ断行スル事』という大方針を極秘裡に決定した」（『朝日新聞社史』明治篇、五八四頁）のを受けて、朝日新聞社は、次のような対策をとった。

「このような韓国の情勢に対応するため、朝日は韓国各地に通信網をはりめぐらした。京城に社員一人、補助員一人、仁川、元山、平壌、城津、大邱、馬山、木浦、鎮南浦、釜山、群山に嘱託通信員各一人、つまり十一カ所の通信拠点に十二人の記者、通信員を配置し、激動が予想される韓国のうごきにそなえた」（前掲書、五八四頁）

これは、朝鮮半島全体を視野においた、情報収集網の確立だった。「義兵闘争」の動きは、かなり正確にとらえられていただろう。さらに、外国通信からも情報が入っていたから、当然外国メディアのつかんだ真実性の高い義兵闘争の情報も多数含まれていただろうと想像できる。朝日新聞にもたらされたその種の情報を、漱石は漱石の位置で、啄木は啄木のおかれた条件の中でそれぞれがつかんでいただろう。大きな新聞社にいながらそうした情報をまったく知らずに、あるいは知らされずにいたと考えるほうが不自然だからだ。

少し「門」を深読みすれば、宗助が「哈爾賓《ハルピン》へ行って殺される方がいいんだよ」といった不思議な言葉も理解できる。この言葉は裏返せば、ハルピンに行かなければ、伊藤博文は殺されなかったことになる。そうすれば、安重根の「義挙」は成功しなかった。この言葉は、「義兵闘争」のことを深く知っていたとさえ思えてくる。

安重根が旅順監獄で処刑されたのは、一九一〇（明治四三）年の三月二六日のことだ。新聞各社には当然そのニュースが入ったが、その日は記事はさしとめとなり、翌二七日の報道となった。そのころ啄木は、三月十八日から『東京朝日新聞』に「曇れる日の歌」と題して、毎回短歌を五首ずつ発表していた。二七日は六回目にあたり、表題での連載は八回で終わっている。この「曇れる日の歌」の六回、七回、八回は、安重根の処刑後の作になる。今、それぞれの回の先頭歌を見ると、安重根の処刑を知った啄木の心の動きを見てとることができる。

宰相の馬車わが前を駆け去りぬ拾へる石を濠に投げ込む（六回目・三月二七日）
心よく我に働く仕事あれそれを仕遂げて死なむと思ふ（七回目・三月二八日）
花咲かば楽《たのし》からむと思ひしに楽しくもなし花は咲けども（八回目・三月三〇日）

一首目の「宰相」は、『広辞苑』によれば、「天子を輔佐して大政を総理する官」とある。「宰相」に仮託したのは伊藤博文だろう。彼は、天皇にもっとも近い元老の一人だった。
二首目の、わが思いを遂げて死にたいという歌の心には、義挙を果たした安重根へのかすかな羨望が流れているようだ。

そして三首目、これは明らかに挽歌だ。相手が安重根であるのは、彼の刑死の三日後の作品であることを知れば疑う余地はない。


一九一〇（明治四三）年秋――啄木は、かつてない多忙さの中にあった。「大逆事件」の真相究明の仕事、長男の誕生と死亡、処女歌集『一握の砂』出版のための原稿の整理、書店との交渉と契約等に追われていた。

このころ例年同様に、上野で第四回文展が開かれた。話題をさらっていたのは、第三部彫刻の部での入選作となった荻原碌山の遺作「女」のブロンズだった。碌山はこの年の四月二二日に新宿中村屋で喀血して亡くなっていた。三二歳だった。「女」が完成した二日後のことだ。

啄木の周囲の友人たちのあいだでも、文展の碌山遺作展は話題になっていた。すでに述べてきたように、第二回文展では「文覚」から、第三回文展では「労働者」から、啄木が受けたその人間的、芸術的な感動は忘れることができなかったはずだ。啄木は、宮崎郁雨宛（十一月一日付）に、「子供の生まれた日の朝に本屋に渡した歌集が、葬式の晩に見本組が出来てきた。体裁は丸谷並木二君と相談した。十五日と本屋はいうが二十日頃でなくちゃでないんだろう。文部省展覧会は並木君も丸谷君も見たそうだが、僕はまだ見ない」と、手紙を書いた。

啄木は、丸谷、並木の二人の友人からも碌山の絶作「女」の素晴らしさを聞いたが、「僕はまだ見ない」と残念そうにいっている。見に行きたいのに、いまだ行けないでいる、といった心の動きが伝わってくる。啄木の願いにもかかわらず、啄木と碌山作品との第三回の出合いはなかった。

両ひざをつき、両腕を背中にまわして組み、上体をやや前によじりながら胸をそらし、顔を仰向けて空に憧れるようなそのポーズは、近代女性の苦しみと人間解放への希求が混然一体となって表現されていた。表面のタッチはきれいに拭い去られて、「水を潜る魚の流動的な姿」のようななめらかな肉付きには充実と密度があった。第四回文展を見た片山潜は、「文部省展覧会雑観」で、碌山の「女」は、「衆を圧してい」たと賞賛を惜しまなかった。「近代日本の彫刻を芸術性の上でも民主主義思想の上でも最高の水準に高めた」(林文雄)。

荻原碌山の傑作「女」に、啄木がついに出合えなかったことは、啄木文学にとっての大きな損失のように思えてならない。

第６章　知識人としての自覚
――啄木の筆写作業――

（1）「幸徳の陳弁書を写し了る」

一九一一（明治四四）年一月十八日、幸徳秋水らに対する特別裁判の判決があった。

「今日程予の頭の昂奮していた日はなかった。そうして今日ほど昂奮の後の疲労を感じた日はなかった。二時半過ぎた頃でもあったろうか。「二人だけ生きる生きる」「あとは皆死刑だ」「ああ二十四人！」そういう声が耳に入った。「判決が下ってから万歳を叫んだ者があります」と松崎君が渋川氏へ報告していた。予はそのまま何も考えなかった。ただすぐ家へ帰って寝たいと思った。それでも定刻に帰った。帰って話をしたら母の眼に涙があった。「日本はダメだ。」そんなことを漠然と考えながら丸谷君を訪ねて十時頃まで話した。

夕刊の一新聞には幸徳が法廷で微笑した顔を「悪魔の顔」とかいてあった」（啄木日記・一月

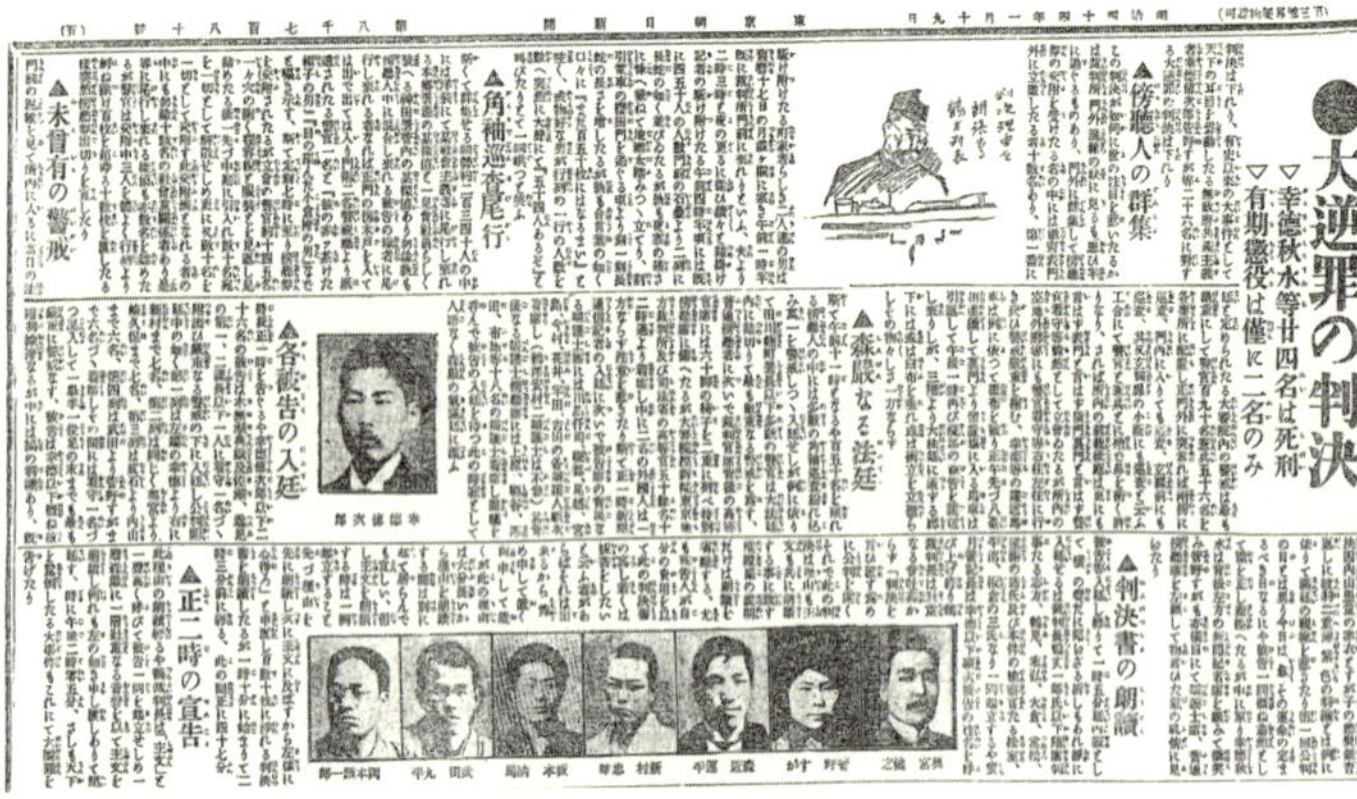
大逆罪の判決
▽幸徳秋水等廿四名は死刑
▽有期懲役は僅に二名のみ

▲傍聴人の群集

▲判決書の朗読

▲森厳なる法廷

▲角袖巡査尾行

▲各被告の入廷

▲正二時の宣告

▲未曾有の警戒

大逆事件判決を報じた記事（1911 年 1 月 19 日、東京朝日新聞）

十八日）

「大逆事件」の被告二六名に対する大審院による特別裁判第一回公判が開かれたのは、前年の十二月十日。上告は許されない一回限りの裁判である。被告側の証人申請をすべて却下し、傍聴人を一切認めず、裁判開始から判決までが一カ月あまりの猛烈なスピード裁判だった。新聞記事は差し止められた。まさに秘密裁判で、暗黒裁判だった。

　判決の翌日、二四名の死刑囚のうち半数の十二人が、天皇の「恩赦」によって罪一等が減じられて無期となった。これは、二四名死刑という極刑が国民に与える影響をおし静め、あわせて天皇の「御仁慈」なるものを国民に浸透させるための一石二鳥を狙った政策だった。

　啄木は、平出修から借りた幸徳秋水の陳弁書を筆写した際、その冒頭に一文を付け加えていたが、その中で、日本の外務省が判決以前に「彼等の有罪を予断したる言辞を含む裁判手続き説明書を、在外外交家及び国内外字新聞社に配布していた」ことを書き記している。つまり、この判決は、事前に天皇制政府が定めた既定方針に沿ったものだったのだ。

啄木はこの年、一九一一（明治四四）年の一月三日、「大逆事件」の特別弁護人であり、友人でもある平出修を訪ねて、大審院での公判状況を聞き、また、幸徳秋水が獄中から担当弁護士の磯部四郎、花井卓蔵、今井力三郎に宛てて送った陳弁書を借りてきて、二日がかりでそれを写した。

「幸徳の陳弁書を写し了る。火のない室で指先が凍って、三度筆を取落したと書いてある。無政府主義に対する誤解の弁駁と検事の調べの不法とが陳べてある。この陳弁書に現れたところによれば、幸徳は決して自ら今度のような無謀を敢てする男でない。そうしてそれは平出君から聞いた法廷での事実と符号している。幸徳と西郷！　こんなことが思われた」（日記・一月五日）

この日記の最後に登場する「幸徳と西郷」という奇妙な組み合わせについては、管野須賀子研究家の清水卯之助が、その著書『管野須賀子の生涯』（和泉書院、二〇〇二年）で紹介している。秋水を逮捕した神奈川県警の今井安之警部に、判事の潮恒太郎が事情聴取をしたときの話。今井が幸徳に、社会主義を改めたほうが利益ではないかといったところ、幸徳は、「主義ノ為メニハ致方ガナイ西郷隆盛モ若イ者ガ騒ギ出シタ為メ彼様ナ次第ニナッタルノデアル」といったという。そこで潮が聞く。「幸徳ガ西郷ノ例ヲ引ヒタノハ自分ガ其同主義者中ノ若イ者ニ擁セラレテ其犯罪ニ関係シタトデモ申シタノカ」、今井が答える。「左様ニ認メマシタ」という話だ（前掲書、二三二頁〜二三三頁）。訴訟記録の中の予審調書から平出修が読んだこの部分を、啄木に話したのだろう。

平出修は、判決が出て大審院から帰るとすぐに、「後《のち》に書《しょ》す」という感想を書いた。清水卯之助の前掲書から引用させてもらう。

「二十四名悉《ことごと》く死刑！　これ何たる事であろう。これが事実の真相か、これが時代の解釈か、これが自由平等の愛情か、智識か、迎合か、公式か、血迷か。知ると知らぬとに拘らず、人は皆疑うた」（二三三頁）

一月三日に啄木が平出修を訪ねたときの日記には、こう書かれている。「もし自分が裁判長だったら、管野すが、宮下太吉、新村忠雄、古河力作の四人を死刑に、幸徳大石の二人を無期に、内山愚童を不敬罪で五年位に、そしてあとは無罪にすると平出君が言った。またこの事件に関する自分の感想録を書いておくと言った」（日記・一月三日）

一月十八日の大審院判決は、翌日に十二名を無期にしたとはいえ、常識的には考えられない酷薄きわまりないものだった。

幸徳秋水以下十二名の「大逆事件」による死刑の執行は、判決後一週間にもならない一月二四日で、管野須賀子は翌日の二五日だった。

片山潜は『日本の労働運動』（岩波文庫）の中で「普通、最も凶悪な殺人犯人でさえ、大審院で最後の判決が下されてから、少くとも六〇日を監獄で過すことが許されていた」（三七六頁）といっている。「大逆事件」被告のこの慌ただしい処刑こそ、判決への自信のなさ、つまり虚構の事件だったことと、そして、それが明るみになることへの政府の不安を示していた。

「大逆事件」との遭遇について啄木は、「知らず知らず自分の歩み込んだ一本路の前方に於て、先に歩いていた人達が突然火の中へ飛び込んだのを遠くから目撃したような気持ち」だったと、函館苜蓿社《ぼくゆくしゃ》時代から敬愛していた先輩の大島経男宛書簡（二月六日）で告白している。

啄木は、「一本路」を必死に走って、その「現場」に立ち合おうとした。そして、啄木がその「現場」に立ち至って見たものは、国家権力の巨大な姿だった。「飛び込んだ」と遠くから見えたのは、実は権力によって強引に「火の中」へ投げ込まれた人たちの姿だった——。啄木の心理は、まさにそういうことだったに違いない。

「幸徳事件関係記録の整理に一日を費や」した啄木は（日記・一月二三日）、幸徳秋水ら十一名が死刑執行された日の夜、「幸徳事件の経過を書き記すために十二時まで働いた」（日記・一月二四日）。こうしてまとめたのが、「日本無政府主義者隠謀事件経過及び附帯現象」だった。ただただ、「後々への記念のため」（日記・同前）に。報《むく》いられることを少しも期待せず、後々の人たちにこそ、啄木は深く期待を込めたのだ。

　啄木は、その三日後の社の帰りに約束していた平出修宅へ立ち寄り、「大逆事件」特別裁判の「一件書類」を借りて読んだ。この書類は、裁判所へその日のうちに返却すべきものを、平出修に頼んで一日延期してもらったものだ。「七千枚十七冊、一冊の厚さ約二寸乃至《ないし》三寸ずつ。十二時までかかって漸く初二冊とそれから管野すがの分だけ方々拾いよみした。／頭の中を底から掻き乱されたような気持ちで帰った」（日記・一月二六日）とある。

　啄木が、「頭の中を底から掻き乱されたような気持ち」といったのは、「管野すがの分」によるのではないか、と私は想像する。啄木が読んだ「初二冊」のうち一冊目には管野須賀子関係のものはなく、二冊目に「管野スガ聴取書」「管野スガ第一回訊問書」「管野スガ第二回訊問調書」の三件が含まれていた（前掲、清水卯之助『管野須賀子の生涯』二四〇頁）。このうち「管野スガ聴取書」は、彼女が鬼検事と呼ばれた武富済に対して激烈な抗議と公然たる「殺意」を表明した記録だった。

　管野須賀子の第一回取り調べは、幸徳秋水が逮捕された翌日の六月二日だった。

一、私ハ宮下太吉等ト爆裂弾ヲ以テ　天皇ヲ弑逆《しいぎゃく》セント謀議シタルコトハアリマセヌ　如

何ニ御訊ネニナリマシテモ今日ハ何モ申シマセヌ　貴官ニハ断ジテ申シマセヌ
二、当時未決監在監中憎ムベキ吾讐敵《しゅうてき》武富検事ヲ殺サズンバ止マズト決意シ若シ革命運動ヲ起ス際ニハ第一ニ貴官ノ頭ヘ爆裂弾ヲ自ラ擲《なげう》タント覚悟シマシタ
三、今此場ニ於テ貴官ヲ殺スコトガ出来ルナラバ殺シマス　爆弾カ刃物ヲ持ッテ居リマスナラバ決行シマス

（『管野須賀子全集』第三巻、弘隆社、一九五頁〜一九六頁）

管野須賀子が「未決監在監中」といっているのは、「赤旗事件」のときのことである。判決まで収監されていた状態を指している。右の管野須賀子の激烈きわまる抗議は、「赤旗事件」での管野に対する検事の取り調べが、いかに人間の尊厳をふみにじる卑劣なもので、女性を辱めたものかを明らかにしている。啄木でなくてもこの部分を読めば、「殺意」の背後にある天皇制政府の社会主義者に対する弾圧の熾烈さをうかがい知ることができ、衝撃を受ける。

管野須賀子は、当時すでに病体だった。「赤旗事件」に先行した「屋上演説事件」のときは療養のために房総に行っていて、これにはかかわっていない。肺結核の病体だから無理はできない。腕力をふるうなど思いもよらない。若く元気のよい荒畑寒村や大杉栄などが、赤旗をめぐって警官隊と乱闘となって逮捕された。管野須賀子と押川マツは、神田警察に行って荒畑への面会を申し入れたが、一蹴されてしまった。押川マツのそばに立っていただけの管野須賀子を、警官はいきなり突き飛ばした。不意を打たれた須賀子はよろめいて地面に倒れたが、驚い

て立ち上がろうとするところを腕をねじ上げられて、押川とともに警察の建物の中へと引きずりこまれた。激しやすい須賀子は、体中の血が煮えくり返るようだった。女性四人は、そのまま留置場に投げ込まれて、取り調べを受けることになった。このときの検事が武富である。武富は、鬼検事とも暴力検事とも呼ばれていた。彼は被疑者の言い分などは聞こうともせず、自分があらかじめ立てた官吏抗拒罪の筋書きに、聴取内容を強引にはめ込んでいった。そして、この事件の十四名に対する判決は、従来の例からも見ても十倍にも相当する重刑となった。女性四人は、無罪となったものの、二カ月半も未決監獄に入れられていた怒りは収まらない。神崎清の『革命伝説1』（芳賀書店）は、管野須賀子のそのときの心情を次のように描いている。

「ああ、なんという侮辱であろう。たださえ逆上しやすい管野は、からだじゅうの血がにえくりかえるようであった。この一警官の暴行のなかに、天皇制国家の暴力を見た彼女は、自分のためにも、同志のためにも、また圧制に苦しんだ日本の人民のためにも、泣寝入りに終ることとは、どうしてもできなかった。

復讐である。革命である。それまで一婦人記者にすぎなかった管野スガ子が、強烈な無政府主義者になり、いかなる手段にうったえても、日本の国家の暴力支配の根元をくつがえそうと決意するに至ったのは、六月二十二日、サーベルの十字架のしたで野蛮きわまる警察の洗礼をうけてからのことであった」（前掲書、八八頁）

啄木が「頭の中を底から掻き乱された」原因のもうひとつは、かつて自分も「殺意」と題する詩をつくっていたことに関係するのではないかと想像する。その詩は、『石川啄木全集』第二巻（詩集）収録の「詩稿ノート」にあり、作詩日時は、一九〇八（明治四一）年五月二四日と、日記で確かめることができる。「赤旗事件」の起きるほぼ一カ月前の時点である。

殺意

『何なれば、汝は敢《あえ》て
かの人を惨殺したる。』
判官はかくも問ひつつ、
おごそかに立ちぞ上れり。

あをざめし我が罪人は、
『赤インキ、呀《あ》。』とぞ叫びて、
膝まづき、打わななきぬ。
『かの君の白き裳裾《もすそ》に
赤インキさと散りし時。』

管野須賀子は、検事の武富済に対する「殺意」を公然と主張していた。そのため、机の上にあった鉄製の灰皿を手につかんだりしたというから、武富の取り調べはまったく進まず、それ以降武富は、管野須賀子の取り調べには出られなくなった。机の上の灰皿も片づけられたという。啄木の詩「殺意」は、管野須賀子の果たせなかった願望を、時間的には先行する詩の上で実現してみせていた、といえるだろう。

啄木が、管野須賀子の「聴取書」を読んで、須賀子を詩「殺意」のモデルとするには不可能と知りながらも、かつてつくった詩「殺意」が須賀子の心情表白そのものと感じて、「頭の底」から掻き乱されている姿を、私はありありと想像することができる。それは、啄木と管野須賀子に共通する権力への抵抗性を示すものでもあったからだ。

（2）「起きては卜翁の論文を写し、寝ては金のことを考えた」

一九一一（明治四四）年二月七日、啄木は医科大学付属病院で慢性腹膜炎の手術をし、三月十五日に退院した。しかし、病状は一進一退だった。啄木は、四月二一日の日記に、「毎日平民新聞やその後のあの派の出版物をしらべている」と書いているが、病中だった啄木はかなり無理をして仕事をした。「大逆事件」の真相究明のための努力だった。このたたかいは、啄木をあらたに思想的に前進させた。

〈啄木のとりかかった第一の仕事〉

それは週刊『平民新聞』（一九〇四＝明治三七年八月七日）に『ロンドン・タイムス』から訳載されたトルストイの「日露戦争論」を筆写することだった。退院後のまだ健康状態も定まらないなかで進められた。啄木は、「起きては卜翁の論文を写し、寝ては金のことを考えた」（日記・一九一一＝明治四四年四月二五日）と書いている。この仕事には四月二四日から五月二日までの九日間かかった。「これが予の病気になって以来初めて完成した仕事である」（日記・五月二日）という短い言葉には喜びが滲んでいる。

〈啄木の第二の仕事〉

啄木のとりかかった闘病中の第二の仕事は、一月四日と五日にかけて筆写しておいた幸徳秋水の陳弁書を整理することだった。啄木は、幸徳秋水の陳弁書に、「A LETTER FROM PRISON」という表題をつけて第一部とし、さらに第二部には自身による注釈をつけ、それを「EDITOR'S NOTES」と名づけた。そして第一部、第二部を含めた全体を「'V NAROD' SERIES」と名づけてまとめた。

当時この幸徳秋水自筆の陳弁書を読んだのは、幸徳秋水が名宛てとした三人の担当弁護士と

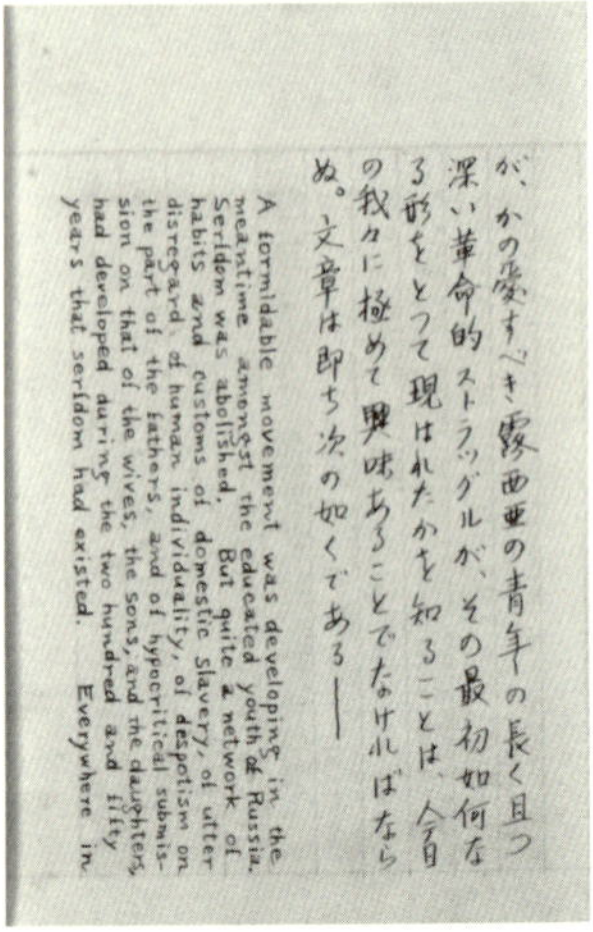

が、かの愛すべき露西亜の青年の長く且つ深い革命的ストラツグルが、その最初如何なる形をとつて現はれたかを知ることは、今日の我々に極めて興味あることでなければならぬ。文章は即ち次の如くである――

A formidable movement was developing in the meantime amongst the educated youth of Russia. Serfdom was abolished. But quite a network of habits and customs of domestic slavery, of utter disregard of human individuality, of despotism on the part of the fathers, and of hypocritical submission on that of the wives, the sons, and the daughters, had developed during the two hundred and fifty years that serfdom had existed. Everywhere in

『A LETTER FROM PRISON 'V NAROD' SERIES』（函館市中央図書館啄木文庫所蔵）

平出修と啄木、朝日新聞の杉村楚人冠の六人のみだった。啄木は、写し終わった幸徳秋水の陳弁書をまず朝日新聞調査部長の杉村楚人冠に見せた。楚人冠は秋水の古い友人で、啄木が前年九月十五日に朝日歌壇の選者となるにあたって楚人冠の力が働いていたことを、入社してから社内情報などで理解し、親愛の情をもっていたと私は考えている。知っていて当然の弁護士を除けば、啄木と楚人冠だけが知っていたことになる。これは、戦前を通じてもそうだった。

幸徳秋水のこの陳弁書は、まず無政府主義とテロリズムの関係を解説し、革命運動とは何かを論じ、最後に、「意志の発動だけにとどまって、未だ予備行為に入っていない」（啄木「EDITOR'S NOTES」）者たち、つまり「大逆事件」の被疑者に対する不当極まりない検事の聞き取りや、調書での「曲筆舞文」「牽強付会」の不当性を論じ、公平で厳正な裁判を要求したものだった。

幸徳秋水の陳弁書は、「明治の社会主義者のかいた最高の革命論」（岩波文庫『時代閉塞の現状　食うべき詩』「解説」松田道雄）ともいわれる。この時点での啄木の社会主義への理解は、すでに深いものだったと想像できる。

〈啄木の第三の仕事〉

啄木のとりかかった第三の仕事は、『大阪平民新聞』（一九〇七＝明治四〇年六月一日創刊、十一月五日第十一号より『日本平民新聞』と改題、翌年五月第二三号で廃刊）連載の山川均による『資本論』第一巻の内容解説と、学習方法についての記事の筆写だった。山川均の文章「マルクスの『資本論』」は、第六号（一九〇七＝明治四〇年八月二十日）から第九号（同年十月五日）までの四回にわたって掲載された。『大阪平民新聞』は、「大逆事件」によって三一歳の若さで悲劇的な死をとげた森近運平が編集していたものだ。

山川均の文章の筆写について、旧版『啄木全集』第八巻の「解説」で石川正雄は、「その一字一句もゆるがせにせず、まるで頭にきざみつけるように、その長い連載文を丹念丁寧に筆写している」と述べている。これを念頭においてあらためて啄木の詩稿ノート「はてしなき議論の後」の中の次の一節、「我が友は、今日もまた、／マルクスの『資本論《キャピタル》』の／難解になやみつつあるならむ。」を読むとき、実は「難解になやみつつ」あったのは、「我が友」でなく、筆写しながら学んだ啄木の実感の反映ではなかったかと、考えられもする。

ところで、啄木が『資本論』第一巻の解説的記事を筆写したとき、すでに「共産党宣言」を読んでいたかどうかははっきりしない。しかし私は、啄木が週刊『平民新聞』創立一周年記念号（一九〇四＝明治三七年十一月十三日）に掲載された、幸徳秋水、堺利彦共訳の「共産党宣言」はすでに読んでいただろうと考える。

啄木は「時代閉塞の現状」の準備段階で、とくに週刊『平民新聞』日刊『平民新聞』などを念入りに読んだだろうと考えるが、それはたとえば、「時代閉塞の現状」で啄木が展開する教育論議には、石川三四郎の「小学教師に告ぐ」（週刊『平民新聞』第五二号、明治三七年十一月六日）の影響が見いだせるからだ。だとすれば、すぐ次の号に掲載された「共産党宣言」を読まなかった、と考えるのは不自然となる。

それでは、筆写マニアのような啄木が、なぜ「共産党宣言」を筆写しなかったのだろうか。答えは簡単だ。筆写する必要がなかったからだ。啄木は、「共産党宣言」が掲載された堺利彦編集・発行の月刊雑誌『社会主義研究（合本）』を持っていた。

赤紙《あかがみ》の表紙手擦《てず》れし
国禁《こくきん》の

書《ふみ》を行李《こうり》の底にさがす日（『一握の砂』）

啄木がこう歌っている「国禁」の書のひとつに『社会主義研究』は確実に入っていただろう。啄木が死後に遺した十九冊の「国禁」の書籍にも含まれている。この『社会主義研究』の第一号（一九〇六＝明治三九年三月十五日）に「共産党宣言」が掲載され、第四号（同年七月一日）には、エンゲルスの「科学的社会主義」が堺利彦訳で載っている。当然、これも読んだだろう。『社会主義研究』は第五号で終わる。当時「社会主義の三経典」といわれた『資本論』『共産党宣言』『科学的社会主義』の三著を、すでに啄木は読んでいたのだ。これには驚く。

〈啄木の第四の仕事〉

筆写の第四の仕事は、同じく『大阪平民新聞』（第十一号より『日本平民新聞』に）に載った堺利彦の「万国労働者同盟」（第一回から第二回：『大阪平民新聞』第十号、一九〇七＝明治四〇年十月十日、第三回から第五回：同第十二号、同年十一月二〇日、第六回から第九回：『日本平民新聞』第十三号、同年十二月五日）をノートに筆写することだった。これは第一インターナショナル（一八六四年～一八七六年）の歴史を述べたもので、啄木のこの筆写は純然たる筆写で「私意」などは加えられていない。

旧版『啄木全集』の第八巻には、「社会主義文献ノート」の表題のもとに、『資本論』解説、「万国労働者同盟」、「第七回万国社会党大会」の三篇の筆写文が収められていたが、新版の『石川啄木全集』（一九七八年）からは、「社会主義文献ノート」の表題は除かれ、わずかに第四巻の巻末に「参考資料」として「第七回万国社会党大会」が残るだけだ。啄木の思想の軌跡・発展を知るためにも、これらの筆写資料は除くべきでなかったと私は考えている。たとえば、「万国労働者同盟」の第六回から第九回は、一八七二年九月のハーグ大会の記述が中心だが、そこにはマルクスとバクーニンらジュラ同盟との激突が描かれていて、啄木の大きな関心をそそったのではないかと想像される。

啄木が、この一連の筆写作業が一段落したすぐあとの六月十六日に詩魂を燃やしてつくった、長詩「墓碑銘」には、「かれの真摯にして不屈、且つ思慮深き性格は、／かのジュラの山地のバクウニンが友を忍ばしめたり。」という一節がある。啄木はこのくだりを書きながら、「万国労働者同盟」の最後に登場したハーグ大会でのマルクスとバクーニンらの激論の場がひらめいていたように思えてならない。

〈啄木の第五の仕事〉

第五番目の筆写の仕事は、前述の「万国労働者同盟」とほぼ同時期にドイツのシュトゥットガルトで開催された「第七回万国社会党大会」についての外電にもとづく堺利彦のレポートである。『大阪平民新聞』第九号から第十一号までに三回連載されたもので、啄木は筆写文の最初に、次のような簡単なコメントをつけている。これは、第四の筆写より長文だ。

「この記事は、明治四十年、堺氏が大阪平民新聞（第十号以後は日本平民新聞と改題）に数回に亘って掲載したものを、多少の私意を加へて一括したものである。猶大会の第六回までの略史は〝社会主義研究〟第一号に大杉氏の書いたものが載っている」

右の文章にある『大阪平民新聞』の『日本平民新聞』への改題は、十号からではなく第十一号からだ。

ところで、啄木は、この筆写にどんな「私意」を加えているのだろうか。くわしくは拙稿「啄木・『社会主義文献ノート』の研究」（『石川啄木——その社会主義への道』所収、かもがわ出版）を見ていただくとして、ここではごく簡単に述べておきたい。

第二インターナショナル（一八八九年〜一九二〇年）の第七回大会は、一九〇七（明治四〇）年八月、ドイツのシュトゥットガルトで七日間にわたって開かれた。啄木が堺利彦の文章に加えた「私意」とは、堺利彦の直訳的な非文学的文章を、全体的に文学的で生き生きとした叙述に変えたことを指す。原文のルビはことごとくはずし、表現のまずい点を直し、文章の入れ替えなどをしている。『朝日新聞』の校正係としての職業意識もさることながら、ここでは、ジャーナリストとしての意識が発揮されていると、私には思える。

啄木が堺利彦の翻訳稿に加えた「私意」で、もっとも注目すべきところを次に掲げる。それは、「第七回大会」で議題となった「社会党と労働組合の関係」についての部分だ。

「社会党労働組合　それより議事《ぎじ》に入《い》り、社会主義《しゃかいしゅぎ》と労働組合《ろうどうくみあい》の関係《かんけい》に就《つ》き独逸《どいつ》のデ・ベール委員会《いいんかい》に於《お》ける多数意見《たすういけん》を報告《ほうこく》したり。此決議案《このけつぎあん》の全文《ぜんぶん》はナカナカの長文《ちょうぶん》なれども、大体《だいたい》の意味《いみ》は社会主義《しゃかいしゅぎ》と労働組合《ろうどうくみあい》は一致《いっち》の行動《こうどう》を執《と》る可《べ》しと云《い》うに帰着《きちゃく》せり」（堺利彦）

「社会党と労働組合　それより議事に入り、社会党と労働組合との関係に就き、独逸のデ・ベエル委員会に於ける多数意見を報告す。思うに、この問題は社会主義運動の将来に対し、極めて重大なる意義を有するものにして、その発展に伴い……」（傍線＝引用者）

この傍線の箇所が、啄木が新しく書き入れた「私意」の部分だ。これは啄木の独自な見解である。私は啄木のこの鋭い予見に驚いた。啄木が「ノート」の筆写をしてからすでに百年以上経つが、日本の戦後労働運動で、もっとも根本的かつ深刻な問題として提起されてきたのは、ほかならないこの政党と労働組合の関係だった。第二インターナショナルの「社会党と労働組合との関係」とは、現在でいえば、「政党と労働組合の関係」ということになるだろう。そこには、労働組合の民主的強化・発展の課題にかかわる基本的な問題が含まれている。

労働組合とは組合員の要求をもって団結する組織である。組合員一人ひとりの思想・信条を保障するのは当然のことだ。しかし、日本の労働組合の中心的なナショナルセンターは、機関決定した特定政党への支持を組合員に義務づけ、組合費を政治献金としてその支持政党に拠出することを公然と行ってきた。一九八〇年代末の労働戦線の再編成によって新たに誕生した労使協調路線の右翼的ナショナルセンターも基本的スタンスは変わらない。

現在の日本の労働運動は、国民的支持基盤を衰えさせ、社会的影響力を失ってきているが、そのひとつの原因には、特定政党への支持とその義務づけが、組合民主主義の発展を阻み、闘争力を後退させてきたことがあげられる。

こうした日本の労働組合運動の歴史と現実を考えたとき、啄木が「私意」を加え、「この問題は社会主義運動の将来に対し、極めて重大なる意義を有するもの」と書いたその予見と洞察力の鋭さに驚かされるのだ。

〈啄木の第六の仕事〉

最後となる第六番目の仕事は、クロポトキン『ロシアの恐怖』の筆写である。「先月からかかって写していたクロポトキンの『ロシアの恐怖』を写してしまったので、製本した」（日記・十一月十七日）と書いているので、この筆写には一カ月前後かかったようだ。

クロポトキンの『ロシアの恐怖』は、その一年ほど前に西川光二郎あたりから借りて持っていたと思われる。おそらく「大逆事件」勃発から「時代閉塞の現状」を書くまでの二カ月間に、集中的に借り集めた書籍のうちに入っていたのだろう。それは次の資料からも推測できる。

坂本竜三編『市立函館図書館蔵　啄木文庫資料目録』（一九六三年）には、啄木の「明治四十三年歌稿ノート」の最後に「英文Introductionを収める」の記述があると記されている。この英文が啄木のものか、他人の文章の写しか、要するに筆者不明なので『石川啄木全集』にも収録されず、ほとんど知られていなかった。結論を先にいえば、これはクロポトキンの『The Terror in Russia』の序論だった。

『啄木文庫資料目録』の「英文Introduction」とは、次のようなものだった。（傍線＝引用者）

Intoroduction : The present conditions in Russia are so desperate that it is a public duty to lay before this country a statement of these conditions, with a solemn appeal to all lovers of liberty and progress for moral support in the struggle that is now going on for the conquest of political freedom.

In the struggle for freedom each country must work out its own solvation ; but we should not forget that there exist a web of international solidarity between all civilized countries. It is true that the loans contracted by the heads of despotic states in foregin countries contribute to support despotion. But Russian exiles also know from their own experience how the moral support

私は長いこと、この英文が気になっていた。資料探しのあれこれの末、国会図書館所蔵のクロポトキンの『The Terror in Russia』（ロシアの恐怖）に出合った。その開巻第一頁は、まさに「Introduction」そのものであった。

国会図書館で私が見た『The Terror in Russia』は、一九〇九（明治四二）年七月十二日にロンドンで出版されたものの第六版（同年八月二二日）で、新書版をひとまわり大きくしたサイズで七四頁の冊子だった。単行本というには少し薄いが、パンフレットとするには厚いといった感じだ。原著の「序論」は八頁のものだが、啄木はその最初の十二行を筆写していた。しかも、文節の途中までだった。参考のために、啄木筆写の英文の最後「〜support」に続く、「which」以下の文節を終わりまでかかげる。

Support which the fighters for liberty have never failed to find in the enlightened portions of the civilised nations has been helpful to them, and how much it has aided them to maintain faith in the ultimate victory of freedom and justice.

啄木はなぜ文節の途中で筆写をやめたのか、その理由はわからない。ただこの英文は、一九一〇（明治四三）年七月十五日から十月十三日までの歌稿ノートのそのあとに書かれていることから、筆写は十月十三日以降と考えられる。啄木日記によれば、十月四日に長男真一が生まれ、二四日間生きただけで十月二四日夜十二時に死んだ。啄木は夜勤のためにわが子の死に目にも会えなかった。産後の節子の健康はすぐれず、「服薬年末に及ぶ」という状況だった。また、『一握の砂』の刊行準備に追われてもいた等々の状況を考えると、筆写を途中でやめるだけの状況だったとなんとなく想像できる。

函館図書館の『啄木文庫資料目録』の英文には、次のように四カ所のミスプリントがあった（前掲英文の下線部分）。（1）Salvation（原書）→ Solvation（目録）、（2）exists → exist、（3）civilised → civilized、（4）despotism → despotion

函館図書館に確かめたところ、『啄木文庫目録』のミスプリントだった。啄木の筆写は正確になされていた。

啄木は、クロポトキンの『ロシアの恐怖』を読んだ感想を、友人の岡山儀七に宛てた書簡体のエッセイ「平信」（一九一一＝明治四四年十一月起稿）に書いて送っている。そこで「この頃僕は、もう余程以前に友人から借りてあって、しかもなぜということもなく読まずに置いた『The《ゼ》 Terror in《イン》 Russia《ラシア》』という冊子を取り出して読んでみた」といっている。「もう余程以前」とは、以上の考証から、一九一〇（明治四三）年十月中旬ごろが妥当だろう。『石川啄木事典』（国際啄木学会編）の啄木「読書目録」で、『ロシヤの恐怖』は一九一一（明治四四）年末に位置づけられているが、若干の修正が必要だろう。

最後に、参考までに啄木の筆写部分と補足の部分とをあわせ、武蔵女子大学の山本証教授の訳をかかげる。

序　章

ロシアの現状はひどく絶望的なので、この国の人々にこの現状について言及し、自由と進歩を愛する全ての人々に厳粛に訴えて、政治的自由の獲得のため、現に戦われている闘争に支持を表明することは社会的な責務である。

自由のための闘争においては、各国の人々が、自らの救済を成しとげなければならないが、私たちは、すべての文明国のあいだに、国際的団結の網の目が張り巡らされていることを忘れてはならない。外国の専制国家の元首たちと結ばれた借款協定が、専制政治の支援に貢献していることは事実である。だが同時に、ロシアの亡命者たちは、自由のために戦う闘士が、文明国の目覚めた人々のなかに、これまで、必ず見出される有形無形の支援にどれだけ助けられたか、そして、その援助のおかげで、自由と正義の究極的な勝利の確信が、どれだけ支えられてきたかも良く知っている。

啄木がこの部分を筆写したのは、その内容に共感と支持する感情をもったからだろう。文中の「ロシア」を「日本」と読みかえれば、「大逆事件」の被告とされた人びとを支持する心情が、啄木の中で強く動いたのではないか、と想像される。

これまで述べてきた啄木の筆写の足どりを、ここでもう一度まとめておく。

（1）「日本無政府主義者隠謀事件経過及び附帯現象」（一九一一＝明治四四年一月二三日〜二四日）
（2）トルストイ「日露戦争論」（一九一一＝明治四四年四月二四日〜五月二日）
（3）「A LETTER FROM PRISON」（一九一一＝明治四四年五月十四日〜二六日）
（4）マルクスの『資本論』
（5）「万国労働者同盟」
（6）「第七回万国社会党大会」
（7）クロポトキン『ロシアの恐怖』（一九一一＝明治四四年十月〜十一月七日）

啄木は、筆写も含めて、明治の社会主義のもっとも先端の思想と理論を自分の中で消化しようとした。その鮮やかな痕跡を二、三の例で見ておきたい。

〈啄木の詩論「食ふべき詩」と、山口孤剣の評論「芸術の神聖を如何《いかん》（芸術家亦《また》紳士閥の奴隷なる乎）」との共通性〉

週刊『平民新聞』が廃刊（一九〇五＝明治三八年一月二九日）になると、明治の社会主義運動の機関紙は、『直言』（一九〇五＝明治三八年二月五日〜同年九月十日）が後継紙となった。山口孤剣が、『直言』十七号（五月二八日）に寄稿した表題の評論中の「紳士閥」とは、「ブルジョアジー」の当時の訳語である。

孤剣は、トルストイの『芸術とは何ぞや』や、フランスの社会主義者ラファルゲの言葉を引用しながら、「芸術」を鑑賞し、その楽しみを享受できるものは「紳士閥」だけではないと、次のように主張した。「もし芸術が多数人民に理解し難きをもって貴とせんか、この食物は善美なる食物なれども、僅少の人これを啖《くら》ふをえて多数の人はこれを啖い能わずと言い得べし。しかり芸術また食物のみ、紳士閥のみこれを味《あじわ》うをえて、労働階級これを味うこと能わずば、そは真の芸術にあらざる也」。労働階級も味わえる真の芸術とは、強烈な快味よりむしろ「万人の滋養たるべく無味淡白なるもの」でなくてはならない。その意味で、「芸術もまた食物」と同じように、普遍性を持たねばならないという。

啄木は、真の詩は、「食うべき詩」でなければならないと主張した。「食うべき詩」とは、「珍味乃至《ないし》は御馳走ではなく、我々の日常の食事の香の物」のように、我々に「必要」な詩でなければならないと、生活と詩の一体化を主張した。

啄木の「食ふべき詩」と孤剣の「芸術もまた食物のみ」の主張とは、驚くほど似ている。啄木の「食ふべき詩」の着想は、山口孤剣の評論から得たものではないか、と私は考えている。

山口孤剣は、山口県が生んだ、明治初期の社会主義運動の一偉材である。「大逆事件」の導火線となった「赤旗事件」は、孤剣の出獄歓迎会にからむものだった。

〈啄木の長詩「はてしなき議論の後」と、無署名の論評「人民の中に」〉

無署名の「人民の中に」は、日刊『平民新聞』第三八号（一九〇七＝明治四十年三月二日）の巻頭「論評」欄に掲載された。地方の農民の惨状をこまごまと述べ、社会主義者が積極的に各地方に出向き、農民を啓蒙し、力と自覚、団結の精神力を与えることこそ急務ではないかと強調している。そのなかで、その三十数年前のロシアで社会主義の青年男女が地方での生活をめざしたことを「人民の中へ行く」と称していたが、「われわれは我が日本の同志もまた人民の中に行き、人民と共に往せんことを希望する」と訴え、この「論評」の最後を「われわれもまた「人民の中に行」かんとするものである」と書いて終わっている。

腹膜炎で入院中の啄木が、一九一一（明治四四）年二月十四日に書いた、小田島孤舟宛の手紙には、「我々はかつて我々の好きなロシヤの青年のなしたごとくに、我々の目を広く社会の上に移し、（中略）我々は文学本位の文学から一歩踏み出して「人民の中に行」きたいのであります」という一節がある。

この「人民の中に行」きたいという文章でのカッコの使い方は不自然だ。これは、論文「人民の中に」を読んだ啄木が、その結びの「「人民の中に行」かんとするものである」のカッコの用法をそのまま使っているのだ。日刊『平民新聞』を読んだ痕跡が鮮やかに残されている。啄木は、手術の経過が良好で、手紙を書いた前日には院内散歩を許されていた。小田島孤舟宛の手紙を書いている病床のすぐ脇に日刊『平民新聞』が置いてあるような想像さえ沸きたつカッコ使いである。

啄木は最後の創造力をふり絞ってその年の六月十五日から十六、十七日にかけて九篇の詩を作った。「詩稿ノート」には「はてしなき議論の後」として、（一）から（九）まで整理している。啄木はこの中から三篇をのぞいた六篇を入念に推敲して若山牧水のもとに送った。これが『創作』七月号（一九一一＝明治四四年）の巻頭を飾った、長詩「はてしなき議論の後」である。その先頭詩（一）は、「「V NAROD!」と叫び出づる者なし。／（註。V' narod――To the People; be the People.）」で終わる。この四連の詩は、週刊『平民新聞』の「人民の中に」の忘れがたい記憶だったと思えてならない。

〈啄木の「時代閉塞の現状」と、赤羽生「必要は権威也」〉

画期的な評論「時代閉塞の現状」の終わりに近いところで啄木は、「明日の考察」こそ、今日においてなすべき唯一の問題であると指摘する。そのうえで最後に残る真実として、「必要」こそ確実な理想、と主張する。そして、それこそが「実に我々が未来に向って求むべき一切である」と力説する。

啄木の展開した「必要」論は、日刊『平民新聞』第六八号（一九〇七＝明治四十年四月六日）の巻頭「論評」の「必要は権威也」との関連を思わせる。筆者は赤羽生（巌穴・本名一《はじめ》）。「いつの世、いかなる時代においても、必要は一種の権威である」と書き出した赤羽の論文は、「必要」が今日の文明社会をつくってきたが、次第にその必要が「少数階級の手に落ち」てしまった、いまもっとも必要なのは、多数者の「生活の必要」だと説く。この結論はこうだ。「もし現在の社会、国家が依然として強烈なる平民の「必要」の叫声《きょうせい》に耳を塞《ふさ》いでいるならば、遠からぬ将来において、恐ろしき騒乱《そうらん》、悲惨なる破裂が来るということを豫《あらかじ》め覚悟せねばならぬ」

赤羽の「必要は権威也」は、過去から現在までに力点をおくが、啄木の「必要」論は、未来を主眼としている。しかし、私にはその座標軸は共通しているように思える。

巌穴・赤羽一は、長野県生まれ。一九〇二（明治三五）年、二七歳のときに渡米し、四年後に帰国。『平民新聞』編集委員などもつとめた。その著書『農民の福音』が朝憲紊乱罪に問われて、禁固二年の刑で千葉監獄に投獄されたが、ハンガーストライキを決行して、一九一二（明治四五）年三月一日、三七歳で獄死した（塩田庄兵衛編『日本社会運動人名辞典』一九七九年、青木書店、による）。

啄木は、一九一一（明治四四）年はじめから、「大逆事件」の真実を明らかにするために比類ない努力を重ねた。また、当時の社会主義思想の国際的潮流を学ぶために多くの筆写をした。前述の筆写作業で注目すべきことは、啄木の視野からナショナルなものが消えて、世界的視野とでもいうべきものが生まれていることである。ここに示された啄木のエネルギーは、いったいどこから生まれてきたのだろうか。

二〇歳を過ぎたばかりで一家の生活を背負い、流離の旅に明けくれ、貧苦にさらされながら、なおも強靭にジグザグの思想的前進をとげてきた啄木であった。そして、「大逆事件」との遭遇で思想と文学の画期的な飛躍を切り開いていった啄木だった。

評論「時代閉塞の現状」では、「時代閉塞」をもたらしている「敵」の存在を明らかにしながら、それに立ち向かう「明日の考察」の重要性を力説した。啄木は、その方向に自分の生き方を重ね合わせようとした。この真摯な努力こそ一九一一（明治四四）年の啄木の一連の仕事の本質だろう。それは、知識人としての良心をかけたたたかいの自覚から生み出された力だったと私は考えている。

（3）「機関士の同盟罷業のことを調べていて」

「まだ病気になる前のことだが、ある必要から旧日本鉄道会社の機関士の同盟罷業のことを調べていて、ひょっと君の家に厄介になっていた頃を思い出したことがありました。何という名前の人だったか忘れたが、その仲間の機関士が二人君の家にいて、二日も三日も酒をのんで休んでいたことがあった。その時君の母上が「ストライキをやっているのだ」と話したことを私は朧ろ気に記憶していた。そのことは君はもうお忘れかも知れないが、しかし二人の追懐にはほかにたくさん共通の点があるはずである。是非一度逢いたい」（海沼慶治宛の啄木の手紙。近藤典彦『国家を撃つ者』一九八九年、同時代社、三一五頁より重引）

この書簡は、一九八五年三月に啄木研究家の遊座昭吾によって発見されたもので、一九七〇年代末刊行の『石川啄木全集』には当然未収録のものである。近藤典彦氏はその著書『国家を撃つ者』巻末「補論」で、この書簡の重要性を論じ、啄木晩年の〝思想的転回〟説を否定したが、私は近藤氏とはまったく異なる点でこの書簡に注目している。

一九一一（明治四四）年六月二五日、この日啄木は右の手紙を書いた。手紙の相手の海沼慶治は、伯母海沼イエの孫である。岩城之徳の「伝記的年譜」によれば、啄木は、十一歳（一八九〇＝明治二九年）の盛岡高等小学校入学当時から、母方の叔父工藤常象のもとに寄寓していたが、一年生を終了する直前に、今度は伯母海沼イエの家に移り、まもなくイエの娘ツエ、孫の慶治の住む盛岡市新築地三番戸に移ったという。啄木はこの一家で四年間暮らした。

啄木はこの書簡で、海沼慶治の祖母が亡くなった追悼の言葉を述べるとともに、「もうマル五ケ月も電車に乗ったことがない」自分の病状を伝えて、最後に右のように述べたのだった。

私は、この書簡にある、旧日本鉄道会社の機関士のストライキのことを調べていた啄木の「或る必要」とは何なのか、が気になっている。

海沼慶治への書簡を書いた六月二五日前後の啄木は、岩城之徳の「伝記的年譜」によると、「六月十五日から十七日にかけて「はてしなき議論の後」九篇の長詩を作る。その後啄木はこの長詩のうち六篇をとって独立した長短の詩とし、六月二十五日「家」を、二十七日「飛行機」の詩を追加して詩集「呼子と口笛」を計画する」とある。啄木は、六月は日記を十四日分しか書いていない。それもごく短く、六月二五日の日記はないので想像するほかない。

書簡の冒頭の、いつも病弱だった啄木が「病気になる前」という表現にはいささか戸惑うが、それは、この年の二月一日に「医科大学附属医院三浦内科で青柳医学士の診療を受けた結果慢性腹膜炎と診断され、入院を命ぜられる」（「伝記的年譜」）以前を指すと私は考える。この時期の直近の啄木の仕事は、幸徳秋水の陳弁書にかかわるものだ。

すでに述べたように、啄木は五月になってそれを「A LETTER FROM PRISON」としてまとめたが、啄木はその筆写のときから、「EDITOR'S NOTES」と題した注釈を付けることを構想していた。そこで、無政府主義思想と労働者のストライキ問題を探求するその材料として、さきの「或る必要」となったのではないか、というのが、私の想像のひとつ目だ。

あるいは、「日本無政府主義者隠謀事件経過及び附帯現象」を幸徳秋水陳弁書の筆写から二〇日ほど経ってまとめ上げる過程で、労働者のストライキ問題を深めるために、「必要」としたのではないか。

またさらには、啄木の海沼慶治宛の書簡にある、「旧日本鉄道会社の機関士の同盟罷業のことを調べていて」という表現から考えると、この「同盟罷業」（ストライキ）の何か独自な問題を知ろうとした気配が感じられもするが、その独自な問題とは何か、に私の関心は向いている。

ここでのストライキとは、一八九八年（明治三一年）二月二四日から二五日まで行われた矯正会（日本鉄道機関手の組合）によるものを指す。このころ少年啄木は、盛岡の海沼家に厄介になっていた。海沼家は下宿屋をしていたから、鉄道機関士も何人か下宿していたのだろう。

このストライキの経過は、片山潜の『日本の労働運動』（一九五二年、岩波文庫）の第一編第四章にくわしい。ただし、この本を読むときには注意すべき点がある。それは同名の表題で、片山潜・西川光二郎共著として一九〇一（明治三四）年五月の「序文」をもつ労働新聞社版との関係だ。岩波文庫版には、労働新聞社版の本文がそのまま含まれ、そのあとに片山潜がニューヨークで一九一七年（大正六年）に書いた英語版の「日本における労働運動――社会主義のために」が、山辺健太郎訳で収録されている（以下「英語版」と略）。岩波文庫版では、かつてあった西川光二郎の名は落とされている。西川光二郎が、「大逆事件」で社会主義を捨てて転向してしまったので、岩波文庫版では彼の名前を消されたのかもしれない。啄木は、「大逆事件」後に西川光二郎と「旧交を温め」（日記・一九一〇＝明治四三年十二月）たが、それは、社会主義関係の資料を借りるためだけだった。幸徳秋水の陳弁書につけた「EDITOR'S NOTES」

には、強権の弾圧によって「ある者はいつとなく革命的精神を失って他の温和なる手段を考えるようになり（心懐語の著者のごとく）」と、啄木の厳しい批判が記されているが、もはや啄木は、西川光二郎を思想の前進に適う人物とは見ていなかった。

話を矯正会のストライキ問題に戻そう。

英語版の「日本における労働運動」は、第一章巻頭で「鉄道の大ストライキ」を書きおこし、その特徴や運動上の位置づけを述べている。その点、労働新聞社版よりもすぐれている。

英語版では、当時の日本の支配層と鉄道会社が、どんなに労働者が組織化されることを恐れていたかを明らかにし、労働条件の改善などを主張する者を「謀反人」とし、発見次第、僻地の駅に「島流し」という「流刑」に処したことが記されている。

「盛岡と青森の間には二つの機関庫があって、そこは一番悪い場所とされ」、「流刑人」たちがたくさんいた。啄木がいた盛岡は、まさに鉄道労働者の一つの拠点であった。「この島流しになった火夫や機関方」が、この拠点でストライキで立ち上がったのだ。「ストライキは全面的に労働者の勝利となり、会社はすべての要求をいれた」。労働者はこの成功を力に組合（矯正会）を組織し、会社側に承認させた（三一四頁～三一五頁）。十九世紀末の日本の労働運動にとって、このストライキの成功は歴史的なことだった。

しかし、戦闘的な日本鉄道機関士の組合だった矯正会は、このストライキから三年目に政府によって解散させられてしまう。その原因については、前掲片山潜の『日本の労働運動』でもは、矯正会撲滅のために権力が仕組んだ驚くべき策動であった。

新書）に、そのあたりを知る手がかりが詳細に紹介されているので、概略を述べておく。それ

英語版のほうでも、何も触れられていない。赤松克麿著『日本社会運動史』（一九五二年、岩波

話はこうである。

ストライキから三年後の一九〇一（明治三四）年の十月、東北地方で陸軍大演習があった。その計画発表時、『福島民報』は、矯正会が「ストライキを決行する計画をしている」というデマ記事を掲げた。陸軍大演習には必ず明治天皇が出かけていく。それを承知でストライキを計画する矯正会は、不穏を企てる団体だとの風評をふりまき、矯正会に打撃を与えようとしたことは間違いない。矯正会本部は、ただちに体制をとり、組合各支部に会社側の奸計にのせられないよう警戒をうながした。

ところが、「思いがけない椿事」が起きた。

それは、大演習がはじまり、明治天皇の乗った宮廷列車が仙台に着いたとき、宮廷列車から一区間先行して走るきまりになっていた統監列車が、仙台を出た次の駅の先のあたりで、突然機関車が故障して動かなくなってしまったのだ。乗務員が手をつくしたがどうしても動かない。一方、宮廷列車は、統監列車が所定の区間距離を保って出発したものと思い、仙台駅を発車した。宮廷列車は、事故で停車していた統監列車と、あわや激突という危機一髪のところで止まることができた。もし衝突していたら、明治天皇もどうなっていたかわからない。事故の責任

問題が深刻になった。ところが、事故発生の前日、矯正会会員の機関士が、統監列車の機関車に故障があると、当局に申し出ていた事実が判明した。しかし当局は、その事実を認めようとはしなかった。

当時、鉄道会社の内部は乱脈状態で、役員は私腹を肥やすために粗悪な機械を高値で買い入れるなどの不正がしばしばだったという。事件の調査に対し会社は、頑強に事実を否定したばかりか、逆に官憲と結託して、矯正会が計画的に企んだ陰謀かのように主張した。会社は、事故の責任を回避したばかりか、労働者と労働組合にその責任を転嫁することに成功したのだ。こうして政府は、矯正会に解散命令を下したのである（赤松克麿、前掲書、五三頁〜五四頁）。

『日本社会運動史』の記述はここで終わっていて、矯正会への卑劣な明治政府の弾圧に対し、何も批判・検討を加えていないのは解せない。

啄木が、一九〇一（明治三四）年秋のこの事件のことを知った形跡はまったく見つからない。しかし、「大逆事件」に遭遇した啄木が、「毎日平民新聞やその後のあの派の出版物をしらべている」（日記・一九一一＝明治四四年四月二一日）その中に、この事件に関する記事が絶対になかったとも断言できない。また新聞社には、記事にできない情報・資料も多々あったに違いない。こうした点から考えられる私の仮説はこうだ。

啄木が、この事件の資料を何かの機会に目にしたとする。矯正会の解散命令に至る発端のところで、幼い日に盛岡の海沼家で耳にした機関士のストライキのことを思い出したのではないか。そして、日本の労働運動の黎明期において最強の労働組合だった矯正会をつぶすために、本来は当局が負うべき機関車事故の責任を、陰謀事件のように風評し、虚構して、ついに矯正会を解散に追い込んだという確信を強く持ったのではないか。これが私の仮説である。

その虚構の手法は、「大逆事件」と瓜二つで、酷似している。もし違いがあるとすれば、矯正会解散事件では、「大逆事件」のようには国家権力が前面に姿を見せていないことだろう。

啄木が評論「時代閉塞の現状」で、「国家は帝国主義でもって日に増し強大になって」(二)、「強権の勢力は普《あまね》く国内に行亘《ゆきわた》っている」(四)と主張していたが、具体的には、「大逆事件」と矯正会解散事件の二つの「事件」での「強権」のかかわり方を見れば、実によく理解できる。

この矯正会解散事件と啄木、あるいは、この事件と「大逆事件」を結びつけた研究や考証は何ひとつない。こうしたことを考えると、この啄木の最晩年の未発表書簡の発見は、啄木研究にとって「きわめて重要な資料」という近藤典彦氏の指摘(前掲書、三一三頁)は、どんなに強調してもしすぎることはないだろう。

(4)「今夜より電燈つく」

一九一一(明治四四)年八月七日、啄木一家は、はじめての引っ越しをした。

「本日本郷弓町二ノ十八新井方より小石川久堅町七十四ノ四六号へ引越す。予は午前中荷物だらけの室の隅の畳に寝てい、十一時俥《くるま》にて新居に入りすぐまた横になりたり。いねにすけらる。

門構へ、玄関の三畳、八畳、六畳、外に勝手。庭あり、附近に木多し。夜は立木の上にまともに月出でたり」（日記・八月七日）

この家は、二日前の八月五日、妻節子が病身をおして家さがしに行き、みつけてきたものだ。転居に伴う費用は、八月二日に函館の宮崎郁雨が送ってくれた四十円を当てた。七月十三日にも十五円を送ってもらっている。

引っ越しの前日、「我が寝ている間に荷物大分出来たり」と啄木が日記に書いているように、もう自由に動けなくなっていた。引っ越しの日も荷物のあいだに寝て運んでもらった。

六月中旬頃までに、啄木は長詩「はてしなき議論の後」をつくり、詩集『呼子と口笛』をまとめるため渾身の力を使い果たしたように、七月の病状は悪化した。

「発熱三十八度五分、近所の医師有賀を呼ぶ。／代診下平来る」（七月四日）

「発熱四十度三分／下平来る／この日以後約一週間全く氷嚢のお蔭にていのちをつなぐ。食欲全くなし」（七月十二日）

「せつ子も健康を害し咳す。血色悪／下平の診察にて気管及び胃腸悪しということになり、服薬す」（七月十四日）
「せつ子容体漸く悪し、本日大学病院外来にて見てもらい左の肺少し悪しとの診察をうけ来る（三浦内科）」（七月二七日）
「せつ子病をおして社にゆき、前借し、協信会の方をやめることにし借金全部掛金とひきかえに払い来る」（八月一日）
「宮崎君より電為替四十円来る」（八月二日）

こうした日記を写しながら、私の胸も重くなる。伝記的には、啄木の病状が進み、まさに死に向かっての八カ月がはじまってゆくのである。

転居は、「あの非衛生的な本郷の床屋の二階」（高田治作宛、八月十五日）にいては一家が自滅しかねないという不安と、転地療養ができないなら、せめて転居でもすれば気分も一新して病気も好転するのではないか、という期待とを抱いたものだった。転居にかかわる費用は、親友の宮崎郁雨に頼るほかはなかっただろう。宮崎郁雨は、啄木一家の窮状を救うために親身の協力をした。あらたな出発となる転居だった。

『全集』収録の啄木日記で、このころ書かれた日数にはひどい波がある。
六月：五日間、七月：十一日間、八月：十七日間、九月：二日間、十月：五日間、十一月：

二十一日間、十二月：六日間、〈一九一二年（明治四十五年）〉一月：二十一日間、二月：七日間。

啄木日記は、「毎日熱のために苦しめられていた」と書いた「二月二十日（火）」、啄木終焉の一カ月半前で終わっている。一行しか書いていない日が目立つ。日記をたくさんつけた月も、少ない月も含めて、啄木の健康状態は悪化の方向に進んでいった。

「多少の為すところあらんと期待したこの明治四十四年を、こうして病床に暮してしまうのかと思うと、気ばかりあせって仕方がない」（高田治作宛、八月十五日）

啄木は、北海道でキリスト教の伝道師になるために勉強していた妹の光子を電報で呼びよせた。八月十日から九月十四日まで、光子は病身の節子に代わって家事を手伝い、兄啄木や母の面倒もみた。

九月三日には、幼子の京子のいたずらで隣家から抗議があって啄木が京子を叱ったことがきっかけで、啄木と父親とで口論となり、啄木が飯茶碗を投げ捨てて一人外に出かけるといういざこざがあった。啄木の父一禎は、翌四日に誰にも告げずに北海道の女婿山本千三郎を頼って何回目かになる家出をした。

この啄木一家のトラブルが遠因ともなって、啄木は、親友でもあり義弟でもある宮崎郁雨（節子の妹と結婚）と義絶するという伝記上の痛恨事が起きた。函館生活以来、宮崎郁雨は、啄木一家の窮乏を支え続けてきてくれたかけがえのない人だった。

一九一〇（明治四三）年の暮れ、困窮した啄木が「ヒ一ニチクルシクナリヌアタマイタシキミノタスケヲマツミトナリヌ」と打電し、すぐに二五円を送ってくれたような誠実な友だった。また、歌集『一握の砂』にも、金田一京助と並べて「函館なる郁雨宮崎大四郎君」との献辞をかかげ、多年の援助と交友に感謝を述べていたほどの、深い友情に結ばれていた二人だった。

その郁雨との義絶が、精神的にも経済的にも啄木に大きな打撃を与えたのは当然だった。もはや、収入源としては、朝日新聞社からの給料だけとなった。啄木は、背水の陣を敷かねばならなかった。一日一日の生活費を徹底的に切り詰めなければならない。その危機意識のひとつのあらわれが、妹光子が帰った九月十四日から、妻節子に命じて「金銭出納簿」をつけることだった。これは啄木が亡くなった翌日の一九一二（明治四五）年四月十四日で終わっている。

啄木没後、この「金銭出納簿」は土岐善麿の手に渡り、のちに函館市立図書館の所蔵となった。『石川啄木全集』にも収められていないのであまり知られていないが、幸いに、岩城之徳の『啄木評伝』（一九七六年、学燈社）に収録されているのでそれを見ると、啄木一家の経済生活は、まさに飢餓水準にあり、そうしたなかで生きている啄木一家の鬼気迫る姿がまざまざと浮かびあがってくる。一、二の月を見てみよう。

十月の収支を見ると、収入三九円四〇銭、支出三一円六〇銭。翌月への繰り越しは七円八五銭。収入は、俸給の前借り二七円三七銭だけだから、これだけでは生きていけない。収入といっても、借金も収入に入れた記帳なので、あれこれ家計を切りつめ、不足分は借金するということになるわけだ。

「さびしい晦日！　節子は病院にいった帰りに、傘を質屋において五十銭借りて来た」。節子にとっては、この月四回目の質屋通いで、この傘も加えて合計四円五〇銭、古新聞や古本を売って九七銭、これらの合計でなんとかこの月の必要な経費を生み出している。

同じように十一月は、収入五一円六五銭、支出四四円九六銭、残高六円六九銭。この収入源は、俸給前借り二七円六五銭、借金五〇銭、質屋へは三回通って五円八〇銭。丸谷喜市からの十円の借り入れなどで、ギリギリ必要な支出を補っている。借りた金は返さなければならないし、質入れしたものは出さなければならない。そのためにまた借金をする——といったパターンになっていく。

この年最後の日記に啄木は、「残金一円十三銭五厘」と一行書いている。二円にもならない残金の月は、「金銭出納簿」上では初めてだ。翌月をどう生きるのか、家庭経済の破綻は歴然としてきていた。

啄木は六月も七月も、一首の歌もつくっていない。しかし、小石川久堅町に引っ越してから二週間ほど経ったころ、珍しく啄木一家に小康が訪れた。間数もあり、庭付きの転居した家は、啄木には転地療養したほどの効果があったのかもしれない。

「引越し以来、不思議にも経過がよく、熱も三十七度台がとまりになり、食欲も初めて出て来、この四五日来は、食事の時の外にこうして起きて手紙もかけるようになりました」(高田治作宛、八月一五日)

「予の病状ようやくよし。発熱三十七度五分以上にのぼらず」(日記・八月二〇日)

「歌十七首を作って夜『詩歌』の前田夕暮におくる。

朝に秋が来たかと思う程涼しかりき。

何がなしに
肺の小さくなれるごとく思いて起きぬ
秋近き朝
妻の容体も漸くよし」(日記・八月二一日)

十七首のうちの一首を日記に書きつけている。十七首には、この歌のほかに、「秋」を詠んだ次の歌がある。

秋近し！
電燈の球《たま》のぬくもりの
さはれば指の皮膚に親しき。(『悲しき玩具』)

この歌には、秋好きの啄木が秋到来の気配を電燈の球のぬくもりに感じていることと、同時に、自分の健康と妻の容体も落ち着きをみせてきたことへの安どの心が流れている。それと、転居して十日近くも電燈なしで暗いランプの下で過ごしてきた一家にようやく電燈がつき、昼と夜ほどの違いを感じたに違いない。

「今夜より電燈つく。」（日記・八月十六日）と、この日ただ一行しか書いていない。その書きぶりに、待ちくたびれたような思いを私は感じる。前述した「金銭出納簿」には、電気料支払いの記載が五カ所にあり、それらから推測すると、太陽光に近いタングステン電球の一〇燭光と五燭光二燈がついたと考えられる。三部屋のどの部屋に、三燈のうちのどれがついたかはわからない。

ところで、啄木のこの「秋近し！」の歌は、これまでどのように解釈され、理解されてきたのか。

「電燈の球のぬくもりが指の皮膚に親しく感じられるということで『秋近し！』の感じが読者の胸に沁みるようである。いい歌だ」（矢代東村・渡辺順三『啄木短歌評釈』一九三五年、ナウカ社）

「秋はしみじみとものを恋う時。小さい『電球の球』の暖かい感触に、はかない安らぎを覚えつつ、過ぎ去った日々、過去の女性、友人、故郷など、その安らかさに通うなつかしい思い

にひたっている歌」（今井素子『石川啄木集』日本近代文学大系23、一九六九年、角川書店）
「この一首にはこの新居で秋を迎えようとする気持ちが現れており、秋の訪れをいち早く電球のぬくもりに感じとっている」（岩城之徳『啄木歌集全歌評釈』一九八五年、筑摩書房）

戦前から現在までの啄木歌「電球の球のぬくもり」へのこうした解釈に、私は長いあいだ違和感を覚えてきた。著者それぞれの思い入れを除けば、私にはほとんど同じに見える。

これらの解釈に共通するのは、まず啄木が「電球の球」に触れることでそこに秋の訪れを感じ、それに触発されて一首を詠じている意味を低く評価していることと、また、転居後の啄木一家に訪れた奇跡のような平安、とりわけ「今夜より電燈つく」の一語の意味を見落としている点にある。この歌の解釈には、啄木一家に訪れたほんのひとときの平安と、新居に電燈がついたことが作歌を呼びおこしている事実を無視することはできない。

「作物はその時代と作者自身の性格と結合して初めて生まれるものだ」と啄木はいう（宮崎郁雨宛、一九〇九＝明治四二年三月三日）。これは文学作品を解釈する際の基本といえる。「今夜より電燈つく」の見落としが、先行解釈に対する私の違和感であり、不満なのだ。

第７章　団結すれば勝つ
――連帯の地平へ――

（１）「新しき明日の来るを信ずといふ」

一九一二（明治四五）年――明治の最後の年は、東京市電のストライキで明けた。六千人の労働者が、経済的な要求をかかげて、大晦日の日からストライキに入っていた。病床の啄木は書く。

「明治四十五年がストライキの中に来たということは私の興味を惹かないわけに行かなかった。何だかそれが、保守主義者の好かないことのどんどん日本に起こって来る前兆のようで、私の頭は久しぶりに一志きり急がしかった」（日記・一月二日）

「市中の電車は二日から復旧した。万朝報によると、市民は皆交通の不便を忍んで罷業者に同情している。それが徳富の国民新聞では、市民が皆罷業者の暴状に憤慨していることになっている。小さいことながら私は面白いと思った。国民が、団結すれば勝つということ、多数は力なりということを知って来るのは、オオルド・ニッポンの眼からは無論危険極まることと見えるに違いない」（日記・一月三日。傍線＝引用者）

この東京市電六千人のストライキは、大晦日の日から始まり、二日まで続いた。労働者は要求を獲得し、「又老獪な電鉄会社の懐から、ボーナスとして二七萬円を獲得した。これは労働者階級の最も偉大な勝利であった」（片山潜「日本における労働運動」〈英語版〉、『日本の労働運動』岩波文庫、三八〇頁）。

ストライキが終わるとただちに当局は、片山潜以下六十名の指導者を検挙した。労働者をストライキに立ち上がらせたという罪で、片山潜は九カ月のあいだ監獄に入れられた（前掲書）。

啄木は、薬も買えず、三八度を超す病床で、ストライキ勝利の新聞記事を読み、その感動を日記に記したのだった。

前掲した啄木日記の傍線部分は、直接的には、労働者と労働組合の組織のありようと、そのたたかい方にかかわったものだが、この言葉が広げる響きはそれにとどまらない。新しい社会をつくっていく力と運動の方向をも示している。

いってみれば、啄木のつかんだ「団結すれば勝つ、多数は力なり」という認識は、前年六月に、渾身の力をしぼって書いた長詩「はてしなき議論の後」で、「「V NAROD!」と叫び出づ

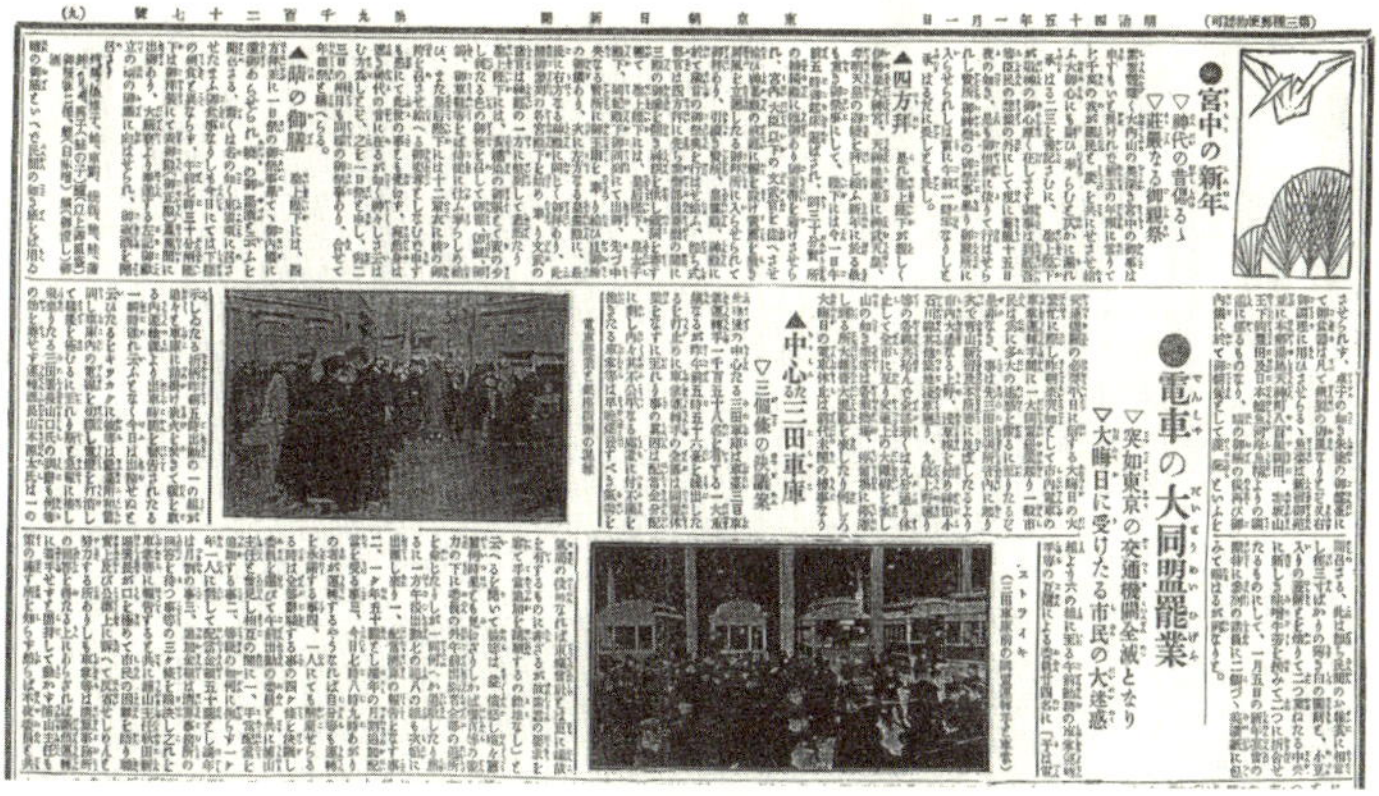
宮中の新年
電車の大同盟罷業
▽突如東京の交通機関全滅となり
▽大晦日に受けたる市民の大迷惑
中心たる三田車庫
▽三個條の決議案

東京市電のストを報じた記事（1912年1月1日、東京朝日新聞）

る者なし。」とうたった、その「ブ・ナロード」（人民の中へ）の思想を超えるものだった。

それは少数が多数を率いるものではなかった。多数が要求を同じくして、多数で団結してたたかうのだ。それこそが、現実を切りひらいてゆく力、連帯の力なのだ。

啄木の生涯に初めてあらわれた画期的な「連帯」の思想と認識だった。啄木の命は、伝記的には、もはや三カ月あまりしか残っていなかった。この死を目前にした貧窮と病苦の中で、啄木はなお思想を前に進めることをやめなかった。それゆえ一月三日の啄木日記の傍線部は、啄木の全集の日記の中で、もっとも光を放つフレーズとなっている。

その半年ほど前に親戚の海沼慶治宛の手紙で、啄木が、海沼家に同居していた当時に起きた矯正会のストライキに触れていたことは前述したが、東京市電のストライキの勝利は、啄木に矯正会の労働者のストライキの成功を思い出させただろう。二つのストライキの成功と、その後に起きた矯正会の解散命令、東京市電のストライキ指導者への弾圧、投獄――。それは、形の上では似通っていたが、二つの闘争のあいだには十数年の歳月が流れていた。

質量ともに発展した東京市電の組織労働者のたたかいぶりは、矯正会当時とは比較にならない発展を見せたはずだ。権力支配をゆさぶったのである。「オオルド・ニッポンの眼からは無論危険極まることと見える」と啄木がいったのは、そのことに違いない。

こうした「明日」へ向けたたたかいを重ねてゆけば、時代を動かす巨大な力となるだろうことを、啄木が見据えたのかもしれないという想像は、傍線部分のフレーズの卓見ぶりから延長して、私にはリアリティをもって感じられる。

啄木の没後に出された第二歌集『悲しき玩具』に、『早稲田文学』(一九一一=明治四四年一月一日)に発表した次の歌が収められている。

新しき明日《あす》の来《きた》るを信ずといふ
自分の言葉に
嘘はなけれど――

この歌の「——」に含まれる啄木の逡巡する心情をめぐって、いろいろな解釈がされてきた。その代表的なものを二、三ひろってみる。

「社会主義を信ずることによって「明日の新しい社会」への発展を見透している。必ず新しい明日が来るという自分の言葉には嘘はない。しかし現在の無力な自分に、果たして何が出来るのだろう。この歌には彼の真面目な精神的苦悶が現われている」(前掲、矢代東村・渡辺順三『啄木短歌評釈』)

「「明日」が現実とあまりに遠く、そうした願望をいだくこと自体にむなしさを覚えてなえしぼんでゆく心の動きを示す。「——」の部分が主題」(前掲、今井素子『石川啄木集』日本近代文学大系23)

「この一首は「嘘はなけれど」と確信しながらも、「新しき明日」の到来を妨げる時代の絶望と不安と焦燥を感じる作者の心境が表現」(前掲、岩城之徳『啄木歌集全歌評釈』)

こうした解釈に私は違和感をもってきた。「無力な自分」や「むなしさ」や、あるいは「絶望」など、啄木歌の第三行末に引かれた「——」への解釈のベクトルが、共通してうしろ向きになっているからだ。

啄木が、句切り符号のナカセン「――」に込めた思いは、「新しき明日」への確信の後退などではない。嘘はないとした願望を現実化することの手立てが、このときの啄木には具体的につかめないでいる逡巡なのだ。啄木の眼は前方に注がれているというべきだろう。

これは前述してきた啄木日記の傍線部分を並べてみればはっきりする。啄木は、評論「時代閉塞の現状」で、「今日」を研究し、そこに「我々自身にとっての「明日」の必要を発見」することを強調していた。ここでの「明日」と、短歌「新しき明日」の「明日」とは、等号でしっかり結ばれているものだ。また、「明日」とは、「必要＝要求」を内実としているもののことだ。

雑誌『早稲田文学』から寄稿の依頼があったのは、日記によると一九一〇（明治四三）年の年末である。だとすると、この歌の直前に、エッセイ「田園の思慕」（一九一〇＝明治四三年十月二〇日）を執筆したことになる。

エッセイ「田園の思慕」で啄木は、自分もまた「「悲しき移住者」の一人である」としたうえで、都市生活者が抱く田園への思慕について述べている。それは、「一度は都会の思慕者であった」が、「より悪き生活に堕《お》ちた者が以前の状態に立ち帰らんとする思慕である」と説明し、続けてあらたまったように、「産業時代といわれる近代の文明は、日一日と都会と田園との溝渠《こうきょ》を深くして来た。今も深くしている。これからも益々深くするに違いない」と述べている。

これは、「富国強兵」のスローガンのもとに、繊維産業に貧しい農家の十代の少女を連れ出し、農村の男たちはまずは徴兵に、そして造船業・軍需産業などの重工業や鉱山業などで働かせて、農村も農業も疲弊していった、明治資本主義の急進な発展の弊害を指している（前掲、『日本近現代史を読む』による）。啄木はこのエッセイを次の言葉でしめくくっている。

「私は現代文明の全局面に現われている矛盾が、いつかは我々の手によって一切消滅する時代の来るという信念を忘れたくない。安楽を要求するのは人間の権利である」

これが、「新しき明日」の歌をつくった時点の啄木の思想のひとつの到達点だったのだ。啄木の思想が後退現象などを起こしているとは、到底考えられない。

さらに付け加えるなら、エッセイ「田園の思慕」の掲載から五日後には『一握の砂』が刊行された。啄木の第一歌集『一握の砂』（一九一〇＝明治四三年十二月一日刊）は、一言でいえば、浪漫主義的な感傷をともなった回想を主軸としている。その回想性は、故郷の風土と固く結びついている。それぞれの歌は、深く日常に結びついており、ほとんど見落とされてしまうような心の機微をも克明に拾いあげている。それゆえ、人びとは『一握の砂』の一つひとつから自身の回想を引き出し、啄木の回想と重ねる。『一握の砂』に、人びとは思郷の心がうずくのである。『一握の砂』への親愛感、大衆性はこうして生み出された。

「田園の思慕」で啄木は、埋めがたく越えがたい都市と農村との「溝渠」について述べた。

これは、歌集『一握の砂』のプレゼンテーションでもあったと思う。『一握の砂』に流れる感傷性や回想や、わけても思郷の心の底の底にある、わが心、「田園の思慕」をこそ理解してほしい、と啄木はいいたかったのだ。それは、激動する明治の秋の状況においては、もはや人間的権利の問題だと主張して、評論「田園の思慕」を閉じたのである。

「新しき明日」の歌に対する私の結論はこうだ。啄木歌「新しき明日の来るを信ずといふ」の第三行末尾の句切り符号「――」の解釈は、啄木みずから一九一二（明治四五）年一月三日の日記の中（傍線部分）で、疑いもない明らかさで自歌自注しているのだと。

「国民が、団結すれば勝つということ、多数は力なりということ」という結論に、啄木の思想は結晶していったと私には読めるのだ。

（2）「ピラミドンを毎日のまねばならなかった私には」――楚人冠への手紙

啄木は前年大晦日の日記の冒頭に、「残金一円十三銭五厘」と書いていたが、十二月二九日付で、朝日新聞社の元同僚で冨山房に移って雑誌『学生』の編集主任をしていた西村真次へ、十五円の借金を依頼する手紙を出していた。西村は旅行中だったので、啄木一家の越年には間に合わなかったが、年が明けて二日に十円が届いた。その礼状で啄木が、「実際涙が出る位有がたいのです」と書いているのは、真に迫っている感じがある。

ただ、一月の啄木一家が西村真次からの十円で救われたわけではなかった。収入のメドは、もうまったくなかった。一月分の給料は、すでに十二月に前借りしていた。二月分の前借りは、二月一日にならないとできない。一月半ばごろにはすでに息もつけない状態になっていることは、「金銭出納簿」上の数字が明らかにしている。手許にたったの「四銭」（一月十四日）と記しているのは、この「金銭出納簿」全体を通じて最低で、翌日の生活のための残金が一円にも満たない日が、この「四銭」の前後を含めて十二日間も続いている。もはや飢餓そのものの状態だった。

「金銭出納簿」のつけられていない日が一月には二日間あるが、これは何も買えなかった日だろう。一家は何を食べていたのだろう。筆まめな啄木が、日記を書いていない日がこの月は十日間もあった。それは、連日のように高熱に悩まされながら、熱を下げる薬も買えずに病床で呻吟していたからだろう。

啄木の母が吐血した。相当に重い肺結核で、老体のために生命の危険があると医者に告げられたのは、一月二三日だった。啄木の母は翌々月の三月七日に亡くなった。享年六六だった。啄木は気力を落とし、伝記的には一カ月後には母の後を追うことになる。

啄木は、重篤の病床からこのひと月のあいだに、朝日新聞の看板記者で国際的なジャーナリストでもある杉村楚人冠に宛てて三通の手紙を書いている。一月九日に、かなり長文の「第一の手紙」、一月二七日に、やや短い「第二の手紙」、そして、一月三一日に「第三の手紙」を送っている。

啄木の「第一の手紙」は、楚人冠からの励ましの年賀状が届いたことへの感謝を述べたものだ。

「東京の人々がストライキの中に迎えたという、何だか不思議な使命を持って来たような、暗示的な新年も、もう今日で第九日目になってしまいました」

長文の「第一の手紙」は、こう書きだされている。前年大晦日から一月二日にかけて、片山潜の指導する東京市電の労働者六千人が、経済的要求を掲げてストライキを決行し、成功したことは前述してきた。啄木は、楚人冠へのこの手紙を書きながら、病気や生活の辛酸を忘れて、明るい落ち着いた気持ちになっていただろうと想像する。それは、書き出しのすぐ先で次のような巧みな比喩をもった文章を続けていることからもわかる。

「解熱のピラミドンを毎日のまねばならなかった私には、どうやら今年の「松の内」は、玄関に名刺だけを置いて、顔を見せずにさっさと帰って行ったような気がしてなりません。一度も笑ってみないうちに松の内も過ぎてしまった物足らなさ！　しかしこんなことを言うと、あなたはきっとお笑いになるでしょうね」

そして、啄木の「第一の手紙」は、一年前の一月の「大逆事件」被告たちへの死刑判決にふれながら、その日の「朝日」社内の様子を回想している。

「私はそれなりもう何も考えずに家に帰って寝たいような気持ちをしながら、黙ってコツコツ校正をやっていると、そこへあなたがどこからか帰って来られて、「今日はどこへ行ってもわが党の景気が悪いね」と言われたのでした」

「あの事件を分水嶺にして段々と変わって来たこの国の社会情調の姿を思い浮かべると、私はいつも自分では結論することの出来ない深い考えの底に突き落とされます」

「「杉村さんがああ言って下すった。」ただこう思っているだけでも、今の私にはどれだけ心強いことか知れません」と啄木は書き、この長い「第一の手紙」の最後を、「あなたの忠実なる　石川一」と書き終えている。これらを読むと、啄木の楚人冠に対する敬愛の思いと、信頼感、そして素直な心が感じとれる。

一月九日の「午前に書き出した杉村氏への手紙を九時頃までかかって書きしまえた」（日記）。啄木の「第一の手紙」は、十一日には楚人冠の手許に届いたであろう。啄木からのこの長文の手紙は、すぐれた文章家である楚人冠の心を打ったに違いない。楚人冠は早速、社内で啄木への見舞金あつめに動き出した。それは、楚人冠の一月十二日の日記に、「石川一義金募集を広告す」（杉村武『酒中花』一九七一年、朝日新聞社）とあることからも明らかだ。

こうした動きを知らせる楚人冠の手紙が啄木のもとに届いたのは、一月二六日だった。啄木は早速翌日、楚人冠に礼状を書いた。これが「第二の手紙」である。それから二日後の二九日に、楚人冠の音頭とりで社内から集められた、有志十七名の見舞金など三七円四十銭と新年宴会酒肴料三円を佐藤真一編集長が届けにきた。その礼状が、「第三の手紙」である。

「第二の手紙」では、啄木は、楚人冠が企画した「義金募集」に対し、「有難い」とか、「忝《かたじ》けない」などというありきたりの言葉では「とても表わすことが出来ません」と述べ、「私の知慧の及ぶ限りで最も有効な使い方をしたい」と伝え、さらに、母の「痼疾《こしつ》の肺患」をこれまで「誰一人知らずにいた」無念さも報じながら、「習慣と因習に囚われて物を正視することの出来ない人間の心のはかなさ」を訴えていた。

四〇円近い見舞金を手にした啄木は、翌三〇日、「夕飯が済んでから、私は非常な冒険を犯すような心で」（日記）、病身をおして人力車で神楽坂に原稿用紙を買いに出かけた。生前最後の外出だった。そして、ある本屋でクロポトキンの『ロシア文学』を二円五〇銭で買った。そのときのはずむようなうれしさを楚人冠に報告したのが、「第三の手紙」だ。

「それから、止そうか止すまいかと何度も考えた末にとうとう昨日本を一冊買いました。クロポトキンの、Russian literature これは病気になる前から欲しい欲しいと思っていた本の一つでした」

しかし、啄木の心は、単純にうれしかったのではなかった。「いつも金のない日を送っている者がタマに金を得て、なるべくそれを使うまいとする心！　それからまたそれに裏切る心！　私はかなしかった」というこの日の日記の最後の言葉を読むと、胸が痛む。啄木に、このように書かせているものの正体こそ、近代日本の資本主義が生み出した深刻な格差と貧困そのものだった。

啄木は新しい本を買いたかったのである。それは、このときだけ衝動的に起こったことではない。これまでも貧の辛さが骨身にこたえるなかで、「読むに一部の書も無き今の自分は、さながら重大な罪を犯したかの如く、我と我が心に耻《はずか》しい」（日記・一九〇六＝明治三九年三月二七日）と嘆いてきた啄木であった。「既に何年の間、本というような本を一冊も買うことの出来なかった」（宮崎郁雨宛、一九〇九＝明治四二年三月二日）啄木であった。

新しき本を買ひ来て読む夜半《よは》の
そのたのしさも
長くわすれぬ（『一握の砂』）

本を買ひたし、本を買ひたしと、
あてつけのつもりではなけれど、
妻に言ひてみる。（『悲しき玩具』）

本を買いたいという切望は、啄木の本性の中にあった。新しい知識獲得への強い欲求だった。それは知識人としての特性でもあり、知識人の責任ともいえるものだった。

啄木が世を去って十三年後に杉村楚人冠が吉田孤羊に送った手紙（一九二五＝大正十四年十二月七日付）が、戦後になって『朝日新聞』（一九六一年四月二五日～二六日）に、「楚人冠と啄木」と題した二回続きのコラムの中で公開された。

「今日食うに困るからと思って送った金でクロポトキンを買うなんて、のんきとも没常識ともいおう《ママ》ようがない、私はかつ憤りかつ呆れました。しかし後になって考えると、これがいかにも啄木式のところと改めて感心もし敬服もいたしました」

私には、楚人冠がこのとき、本気になって「憤りかつ呆れ」たとは思えない。楚人冠は、啄木がクロポトキンを買ったというその行為に、知識人としての深い理解があり、最初から「感心」し、「敬服」していたのだと思う。

そう思わせる理由のひとつに、啄木からの三通の手紙を、楚人冠が戦前のどの啄木全集にも収録しようとしなかったことがある。いわば、それを拒否したような形だ。この三通の手紙が全集本に収録されることになったのは、楚人冠の没後（敗戦の年の十月三日死去）四年を経た一九四九年、石川正雄編の河出書房版『石川啄木全集』（全二五巻）においてだった。

なぜ楚人冠は、生前ついに啄木書簡を秘匿《ひとく》するようにして公表しなかったのか。

似た問題に、「大逆事件」で死刑となった管野須賀子からの楚人冠宛の「針文字書簡」がある。それは、管野須賀子が、一九一〇（明治四三）年六月九日付で獄中から楚人冠宛に送った幸徳秋水救援を訴えた「針文字」の手紙だ。「針文字」とは、白紙に針で穴をあけて文字を書いたものである。その内容は、次のようなものであった。

京橋区瀧山町
　朝日新聞社
　　杉村縦横様
　　　　管野須賀子
爆弾事件ニテ私外三名
近日死刑ノ宣告ヲ受ク

ベシ御精探ヲ乞フ
尚幸徳ノ為メニ弁ゴ士
ノ御世話ヲ切ニ願フ
六月九日
彼ハ何モ知ラヌノデス

この「針文字」の手紙の入った封筒には、差出人の名前はなく、消印は六月十一日（一九一〇＝明治四三年）、牛込からの投函だった。楚人冠の手に渡ったのは、六月十二日か十三日だろう。仮りに管野須賀子が書いたとすれば、協力者がなければ投函はできない。これは百年以上たった現在も謎のままだ。

楚人冠が固く秘蔵してきた針文字が発見されたのは、今世紀に入ってからの我孫子市の市史編さん委員会の調査による。二〇〇五年三月に調査報告書が作成され、同時に発表された。現物が公開されたのは、二〇一〇年一月二日から二八日まで、我孫子市の白樺文学館で開催された「大逆事件一〇〇周年記念特別展」でだった。楚人冠は生前、この「針文字書簡」の所蔵について、毛ほどの素振りも見せなかった。

楚人冠は、早くからジャーナリストとしての管野須賀子の、若く、才長けた姿を見てきた。管野須賀子が「針文字書簡」で必死に救援を訴えた幸徳秋水と楚人冠とは、幸徳が『自由新聞』の記者をしていた二四歳ころ（楚人冠二三歳）からのつきあいだった。

啄木もまた、渋民村と函館での一年余りの代用教員生活を除けば、新聞記者以外の仕事はしていない。小柄で病気がちながら朝日新聞社に入った「啄木は、仕事熱心で、同僚からも愛された」（『朝日新聞社史』明治編、五五〇頁）という。

管野須賀子も、啄木も、そして楚人冠も、まぎれもなくジャーナリストだった。二人を見る楚人冠の目線は、友人のそれだったのではと私は思う。

現状改革を求める反骨精神と、生死をかけて自分の生を貫いた二人の生涯に対する共感の振幅は、楚人冠の心の中で歳月とともに広がっていったとも考えられる。それは、楚人冠の二人に対する人間理解の深さにかかわっていたように思う。「針文字書簡」にしても、三通の啄木書簡にしても、そこには、それぞれの楚人冠に対する人間的信頼が込められていた。この親愛感を、楚人冠は自分だけのものにして人目に晒したくはなかった。――これが、楚人冠が二つの重要資料を命が終わるまで秘匿し続けた理由ではなかったか、と私は考えている。

（3）「深きかなしみに」

今も猶やまひ癒えずと告げてやる文さへ書かず深きかなしみに

この歌は、啄木が一九一二（明治四五）年一月一日の年賀状で、二人の友人、岩崎正と藤田武治に書き送ったものである。

前述してきた「秋近し！／電燈の球のぬくもりの」の歌が含まれた「猫を飼はば」と表題した十七首（『詩歌』一九一一＝明治四四年九月号）には、「今も猶」と似た、次の歌がある。

やまひ癒えず、
死なず、
日毎に心のみ険しくなれる七八月《ななやつき》かな。

この二つの歌を比較すると、「今も猶」の歌のほうに、啄木の悲痛さがこもっていると思う。結句の「深きかなしみ」には、死への予感さえただよわせている。三行書きのほうの歌の「死なず」には、まだ、そう言っているところに余裕が感じとれるのだ。

「今も猶」の歌にこもる切迫感は、前年末からの啄木一家の窮迫と、啄木自身の健康状態の悪化が根本の問題としてあっただろう。『石川啄木全集』（筑摩書房版、第一巻）での啄木の最後の歌である。『悲しき玩具』の収録歌は、『詩歌』発表の「猫を飼はば」が、二、三の若干の配列の違いがあるが、そのまま最後におかれている。したがって、作歌日時でいえば、「今も猶」のほうが、四カ月も後であり、この歌のあとに啄木の歌はないのだから、これは啄木の絶詠といってよいだろう。

一九一二（明治四五）年四月十三日、石川啄木の臨終の枕辺には、急を聞いて北海道から駆けつけた父一禎と、妻節子、それに友人の若山牧水とがいた。午前九時三十分。石川啄木は二六歳二カ月の生涯を閉じた。

その親にも、
　親の親にも似るなかれ――
かく汝《な》が父は思へるぞ、子よ。

啄木が、心をのこした愛児京子は、父が息を引きとったのも知らず、門口で風に散る桜の花びらを無心に拾っていた。

終章　1946年の啄木

一九四五年八月十五日——。

太平洋戦争が敗北に終わった日、私は一七歳六カ月だった。

信州の空は抜けるように晴れ上がって、ギラギラする光が盆地全体を包んでいた。

私は、新潟鉄道局（現JR東日本）長野工場で働く少年工だった。敗戦を伝える天皇の「玉音放送」を聞き終わると、私は、シーンと静まり返った工場の中を駆けぬけて、工場の敷地の北のはずれの草むらに飛び込み、「ワァ、ワァ」と大声をあげて泣いていた。

この場所は、検査や修理のために入ってくる機関車置き場だった。このとき入っていたのは私の好きなD51・231号。何があっても小ゆるぎひとつしそうもない鋼鉄の巨体が、「何をそう泣くのか、アホー」と文句をつけているようだった。

長野工場では一九三八年から一九四一年までの足かけ四年間に、九輌の「デゴイチ」が製造された。〈D51〉の〈231〉は、一九三九年に完成した第三号機だ。少年工たちは、自分の工場で作られた機関車を誇りにしていた。みなそれぞれが好みの「デゴイチ」をもっていた。私は三号機が好きだった。私の生まれたちょうど十年後に製造されたという単純なことに、私は因縁を感じていた。また、〈231〉の「1」を先頭に出せば、「123」といううきれいな数列になるからでもあった。

話は少しそれるが、このときから五〇年後ぐらいのやはり夏の日に、私は上野の森の国立科学博物館の入り口に、この〈D51〉が置かれているのを見つけて仰天した。それは昔のままのゆるぎない姿だった。現役を引退するまでに地球を何回も回るほど走り続けたと、解説板に書いてあった。それは、言葉ではとても表現できないほどの感動的な再会だった。

戦争が終わって、はじめての本格的な冬が訪れてきたころ、日本中で石炭が不足しだし、「石炭危機」が国民生活を直撃する深刻な事態となった。これは、戦争中に強制連行してきた朝鮮人労働者などが敗戦とともにいっせいに祖国に帰ってしまったため、石炭の生産量が激減してしまったからだった。

北海道炭礦汽船株式会社の『七十年史』（一九五八年刊）は、次のように当時の様子を伝えている。

「終戦時の当社外地人労働者は、朝鮮人一万六千九百四十名、華人九百九十八名、白人俘虜

三百十名、計一万八千二百四十八名で、労働者全体の六〇パーセントを占めていた」(二三三頁)。「労働者の絶対的不足と出荷率の極度の低下によって、もはや手の施しようもない実情にあった」(二三五頁)

これは、北海道地方の石炭の危機的状況を述べたものだが、日本の主要な産炭地の常磐炭田や九州の筑豊炭田でも、実情はまったく同じだった。

一九四五年十二月六日には、国会で異例の「石炭飢饉克服決議案」が可決されたが、それで石炭が増えるわけではさらさらなかった。要は、人間が炭鉱に行って石炭を掘る以外にはなかったのだ。

「機関車が止まる!」

「D51が止まるぞ!」

工場内は、どこの職場に行っても、この話でもちきりだった。

国鉄当局は、部内から労働者を募集し、北海道に送り込み、石炭を掘らせる方針を出した。

こうして、私のいた長野工場でも、石炭増産隊の募集がはじまった。

「お国のために!」

のスローガンの代わって、

「国鉄を守れ!」

「デゴイチを止めるな!」

といった企業精神が強調された。

敗戦から四カ月しかたっていなかった。私の頭の中は、まだ「軍国少年」をひきずっていた。十七歳の私は、ほとんどためらうことなくこの募集に応じた。信州の盆地から一度も外に出たことのない母は、津軽の海を越えてゆく北海道をはるかな外国のように思って、しきりに反対した。

工場全体で三八名の若い労働者による石炭増産隊が組織された。私がいちばん年少だった。増産隊の行き先は北海道、期間は三カ月と工場じゅうの掲示板にはり出された。

石炭増産隊は、特別専用車輌に乗って一二月下旬の雪の日に、あわただしく長野駅を出発した。私たちの列車は、途中の主要な駅々で増産隊に参加する労働者を拾いながら、日本海に沿ってひたすら北上していった。

青森で青函連絡船に乗りかえて、朝早く函館駅に着いた。ここではじめて行き先が、岩見沢から支線の万字線に乗りかえた奥のほうにある北海道炭礦汽船所属の美流渡《みると》という小さい炭鉱であることが知らされた。

ところで、私は、石炭増産隊で北海道に行こうと決めたとき、実はひそかな計画をひとつもっていた。小学校のころからなんとなく好きだった啄木の墓が函館の立待岬にあるので、そこをぜひ訪ねたいと思っていたのだ。死んでしまった啄木に会うことのできるもっとも近い場所が立待岬ではないかと私は考えていた。

立待岬への道は深い雪の中だった。夜はようやく明けはじめたばかりである。増産隊員に特別支給されたゴム長靴を雪の中から引きぬき、引きぬきしながら、私は岬の道を懸命にのぼっていった。

岬の道が少し急になったその先の左に、きわだって高い記念碑のような墓石が、明るんできた海峡の光の中に浮き出ていた。

「啄木一族墓」

右から左へと書かれたその文字の深さを、私は指でなぞりながら、啄木の墓にとうとうきた、というような感動をからだ全体で感じていた。碑面の中央につくられた正方形のくぼみには、啄木の筆跡で、よく知られた『一握の砂』の巻頭の一首が刻まれていた。

東海の
　小島の磯の
　　白浜に
われ泣きぬれて
　蟹とたはむる

墓碑の表は、函館の大森浜のほうに向かって明るんでいた。私は、戦争中からの願いごとのひとつが叶えられたような感動でいっぱいだった。

碑面の「われ泣きぬれて」というところが実感的に迫ってきた。孤独で、苦しかった戦争中の見習い工の日々、毎日が不満でやるせなく、生きてゆく先に光も見当たらず、ただ、もっと本を読む時間がほしい、勉強がしたい——そんな漠然とした思いだけに苦しめられていた。

親しい友人たちは、小学校六年生が終わると、みな上級学校に進んでいった。高等科二年を終わってから工業学校などの実業学校に進学した者も何人かいた。私の家は小作農で、進学などはとても望めないことだった。高等科二年が終わると、それが当然のコースのように、私は労働者となる道を進んだ。

鉄道工場の少年工には、二年間の見習い工としてのいわば修行の期間があった。二年の内一年半は全寮制で、寄宿舎生活だった。寮生活では上級生の理由のないリンチがしばしば行われた。寮から工場までの十分ばかりを整列して通うのだが、私はほとんど無口だった。誰ともしゃべらず孤立していた。これだけでもリンチの理由に十分だった。それは軍隊の内務班の初年兵いじめにそっくりだった。

そうしたなかにいた私に、啄木の『一握の砂』の歌がいつしか心に棲みついていった。それはひどく感傷的で、くり返し口ずさんでいると、わけもなく涙が滲んできたりした。私の少年時代は、啄木の感傷的な歌を支えにしてきたようなところがあった。

墓碑の裏側にまわった。夜明けの岬の光はまだ薄暗くよどんでいて、啄木が友人の宮崎郁雨に宛てた手紙の一節がそこにあるはずだったが、読むことはできなかった。

「僕はやはり死ぬ時は函館で死にたいように思う。

君、僕はどうしても僕の思想が時代より一歩進んでいるという自惚《うぬぼ》れをこの頃捨てることが出来ない」（一九一〇＝明治四三年十二月二一日）

この部分を私は覚えていた。私は掌をいっぱいに広げて、函館を思う啄木の手紙の上におしあてた。

私は墓をめぐって、この墓ができる前にこの岬の場所に一本の木の墓標が建てられていたときの写真を思い出した。啄木の遺児の京子が墓標のそばになつかしげに立っているのだった。

「啄木石川一々族之墓」

墓標には、そう書かれていた。それはたしか、一九一三年（大正二年）の早春、啄木の一周忌に近い三月のことだったようだ。浅草の等光寺にあった啄木の遺骨を立待岬のこの地に移したときに建てた一本の墓標なのだった。墓標の左側面には、「東海の小島の磯の」の歌が、一行に書き下ろされていた。啄木の一周忌から二〇日ほどして妻の節子が死んでいるから、一本の墓標にあった一族とは、啄木、母かつ（一九一二＝明治四五年三月七日没。啄木の死の一カ月前）、妻節子、長男真一（一九一〇＝明治四三年十月二四日没。生まれて二四日で死亡）をあわせて葬ったものだった。

それから六年後、一九一九年の夏、啄木晩年の親友だった土岐善麿（哀果）がこの墓を訪れた。そのときはもう木の墓標も岬の風雨にさらされて、なかば朽ちかけ、文字はほとんど消えんばかりになっていたという。


なきがらはさびしきものか、あら磯のかゝるところに埋めはおきつ。

荒磯のかなしき友が墓の杭、このまゝ朽ちてあとなかれかし。


これは、土岐善麿がそのときに詠んだ啄木追懐の歌である。私はこの二首が好きだった。

立待岬の墓が現在のように立派になったのは、一九二六年（大正十五年）八月で、啄木の親友で義弟の宮崎郁雨を中心とする有志の手によっている。

啄木について十七歳の私は何も深くは知らなかった。兄の本棚にあった歌集『一握の砂』と『悲しき玩具』を愛読していただけである。とりわけ、『一握の砂』に表された強い回想性や思郷の心、感傷性などが当時の私の心にぴったりとしていたのだった。

ようやく岬全体が明るくなってくるころ、私は急行列車の待つ函館駅に向かって、雪の立待岬を下りていった。

*

美流渡鉱山の小高い丘の上に、バラック建ての棟割り長屋が四棟ほど建っていた。「炭住」と呼ばれていたが、炭山住宅か炭鉱住宅の略だろう。

私たちに割り当てられた宿舎は、その炭住のひとつで、十二畳の部屋が五つほど並び、部屋の窓と反対側についた廊下でつながっていた。部屋は十二畳で、十一名が住むことになったが、部屋のまん中にストーブがあるから、正味一人一畳という計算になる。

部屋の下回りは、腰高の位置に汗と油で黒く汚れきったベニヤ板でぐるっとかこまれていた。畳だけが真新しくされていて、それがかえってこの炭住を陰惨な印象にしていた。

この宿舎には、つい先ごろまで朝鮮人労働者が住んでいたのだった。強制連行されてきて、鉱山で奴隷のように酷使されていたのだ。敗戦と同時に、このあたりの鉱山一帯では朝鮮人労働者の一斉蜂起があり、会社幹部の戦争責任と、非人間的な奴隷労働に対する責任追及が激しくくり広げられた。会社幹部や悪辣な現場監督への糾弾がはじまるやいなや、彼らはいち早くみな逃亡してしまって、鉱山はしばらく無政府状態だったという。そうした話を聞くと、青畳とまっ黒なベニヤ板とのアンバランスが引き起こす陰惨さには、凄惨な感じさえ帯びてくるように思えて仕方なかった。

地下何百メートルかの鉱山の底に下りて、実際にドリルや鶴嘴《つるはし》で石炭掘りをはじめたのは、美流渡に着いてから一週間ほどたってからであった。それまでは、鉱山のあちこちの除雪作業や、採炭現場での作業の予備知識の学習などをしていた。除雪作業もかなりの重労働で、それを逃れるために早く採炭現場に出せと要求したりした。

しかし、一度坑底に下りてみると、そこには、地上にはなかった闇への恐怖感が待ち受けていた。命と頼むヘルメットのランプを消せば、もうそこは漆黒の地の底の闇の世界だ。いつ起こるともしれない落盤の恐怖が加わってくる。そんな状況に心を少し落ち着かせるのには幾週間も必要だった。

私たちは、五、六名ずつの小さな班に分けられ、先山と呼ばれる熟練坑夫がリーダーについた。私の班の先山は中村という中年の労働者だった。各班にはノルマ（責任額）が与えられ、それが終わらなければ、オカ（地上）にはあがれない。ノルマは炭車の数で決められていた。たまたま、掘りやすい岩層にぶつかったりすると、ノルマは予想外に早く達成し、真昼のオカに帰ることができたりした。毎朝、急傾斜の坑道を炭車に乗せられて下りるとき、それは、地上の世界から次第に遠ざかって、逆に死の世界に近づいていくような気分になる。

慣れない採炭労働の疲れと、それ以上に毎日、坑道を地底まで運ばれていくとき、そして採炭現場での闇と天井の岩盤の威圧に、私はほとほと神経をすり減らし、ノルマをようやく果たして地上に戻ると、もうヘトヘトになって、顔や手足もそこそこに洗うと布団の中に倒れこんで死んだように眠った。

ある日、圧搾空気の調子もよく、ノルマが午後一時過ぎに終わった。私たちは久しぶりにわくわくしたような気持ちで、地上をめざして急角度の坑道を登っていた。私は口笛を吹いた。それは天井によく響いた。そのとたん、すぐ前を歩いていた中村さんが、突然うしろを振り返り、「バカヤロー、たたっ殺すぞ！」と怒鳴った。私のキャップ・ランプの視野に、中村さんの顔の輪郭がはっきりと浮び、キャップ・ランプがギラギラッと光った。私は首をすくめた。怒鳴られた理由はわからなかった。坑口を出た中村さんは、何ごともなかったように一人でさっさと帰ってしまったので、私はとりつくしまもなかった。それで、風呂にいったときに顔見知りの年配の炭鉱夫にたずねてみた。

「そりゃ、怒鳴るのは当たり前だ。坑道で今まで緊張して岩盤を支えていてくれてた山の神が、口笛を聞いて浮かれ出して、山が崩れてしまうからだ」

年配の炭鉱夫は厳粛な表情でそう言った。そんなことは迷信だ、と私は思いながらも、自分が悪かったと納得した。

地下千メートルでの採炭作業は命がけだ。何が起きるかわからない。何か起きても、すぐに地上へ逃げ出すなんてことは不可能に近い。中村さんのように、いつもは気楽な冗談を言って班の仲間を笑わせていても、地底で働く労働者の敏感さ、警戒心はいささかもゆるめずにもっているのだろう、と私は思った。そう思うと、中村さんはひどく頼りがいのある労働者に思えてきた。

私は、翌日、中村さんのあとについて坑道を下るとき、「昨日は口笛を吹いて、すみません」とあやまった。瞬間、中村さんは何のことかといった表情をしたが、あ、そうか、といった顔つきになり、ニッと笑って、「マ、わかればいいさ」といった。

それから幾日かたったある日、ノルマが早く達成して一時間以上早く坑道を登っていたとき、中村さんはすぐうしろについている私を振り返って、「おい、大丈夫か」とか、「足もと、気をつけろ」とか、ときどき声をかけてくれた。そして中村さんは、坑道の左右の三メートルぐらいの高さの位置に、直角に、小枝のように広がっている廃坑について話をしてくれた。

それは、坑口と坑底の切羽（採炭現場）の中間ぐらいの位置にあった。入り口が木の柵で囲われていて、入り口の柵の前には三畳敷きぐらいの平らな部分があった。中村さんは、これは三号坑と言われていてなかなか良質の石炭が出たという。石炭はまだあるらしいが、どうしたわけか、ガスが溜まっていて危険なので会社は放棄したのだと話してくれた。

「戦争中、この炭鉱で奴隷のように酷使されていた朝鮮人労働者が、ときおり仕事をサボって、人目につきにくいこの三号坑の入り口の平地にいって眠ってたんだ。ガスの溜まっているところは、ポカポカ暖かくて、すごく気持ちがいいんだ。それでいったん眠ってしまうと、とうとう目が開かなくなってしまう。死んでしまうのだ。安楽死だ。そのうちに、三号坑の入り口は、仕事に耐えられなくなった朝鮮人の自殺の場所になってしまった……」

中村さんはそこでしばらく言葉を切ったあと、

「かわいそうにな。おれの組にいた若い朝鮮人も、二人、あそこへ行って死んでしまった。監督のやつ、無茶苦茶にしごいたからな。つらかったんだな」

と、しんみり言った。

故国をはるか離れた異国の鉱山の地底で、自由も人権も奪われた囚人労働を強いられていた朝鮮人労働者の陰惨な生活が、つい何カ月か前までこの炭鉱にあったのだと思うと、私の体はわけもなくこわばった。

朝鮮人労働者はどうしてこんなところに連れてこられたのか、中村さんは話してくれなかった。しかし、監督の振るうムチの下で、

「アイゴー、アイゴー」

と叫び声をあげながら働かされていた若い朝鮮人たちの心は、じかに私の心にも伝わってくるように思った。

三号坑からかなり上がったところで中村さんの話は終わった。私は胸つき八丁のような急坂を中村さんのあとにつきながら、しきりに切なくなった。

中村さんから聞いた朝鮮人労働者の安楽死の話は、日ごとに私の胸の中で、重々として沈んでくるような気がした。つい四カ月ほど前まで朝鮮人労働者が住んでいた十二畳の部屋の隅々を、私は何となく注意深く見まわすようになった。

はじめてこの部屋に入ったときは、部屋の四方に張られたベニヤ板の不潔な黒ずみに気分を悪くしていた。そのときの気持ちは依然として残っていたが、その黒ずんだベニヤ板にある種の親近感のようなものが生まれてきて、顔を近づけて眺めるようになった。油じみて、まっ黒に汚れたそのベニヤ板は、実は、こまかい朝鮮文字による無数の落書きであることに気づいた。しかし、それはまったく私には読めなかった。

私は手垢や、額の脂汗などでベニヤ板を黒ずませながら、小さい小さい母国語の文字を綴っている朝鮮人労働者の姿を想像した。安楽死の誘惑とたたかっていた朝鮮人、遺言めいたことを書きとめて、三号坑の三畳敷きに登っていった朝鮮人、仲間を励ましていた朝鮮人もいたに違いない。私は、一字も読めない朝鮮文字を見ながら、さまざまのことを想像した。

美流渡鉱山に来て一カ月半ほどたったある日、班のノルマが予想外に早く達成して、早い時間にオカに上がってきた。鉱山風呂に入り、さっぱりした気分で寝床に入りこんだ。寝る位置は一週ごとに動いた。特等席は、もちろんストーブのそばだ。私の新しい寝床の位置は、十二畳の部屋の窓下の位置で、首を外のほうに向けると、ベニヤ板の板壁と衝突するほどの場所だった。私は今までの続きのように鼻先のベニヤ板を眺めた。すると、その視野の先に、朝鮮文字にはさまれて米粒よりも小さい日本文字を見つけた。それは、まぎれもなく石川啄木の歌だった。一つひとつの文字は一画の手抜きもされていない見事なものだった。私は、他国で同郷人に会ったような驚きと感動で胸をいっぱいにしながら、ベニヤ板に額をすりつけて、その歌を読んだのだった。

今日もまた胸に痛みあり。
死ぬならば
ふるさとに行《ゆ》きて死なむと思ふ。

地図の上朝鮮国に黒々と墨をぬりつゝ秋風を聞く

前の歌は、啄木の第二歌集『悲しき玩具』の中のものだった。「。」や「、」などの表記上の句読点は、『一握の砂』にはまったく使われていないからすぐにわかった。後の歌は、『一握の砂』にも、『悲しき玩具』にも載っていない。この歌を知ったのは、その二年ほど前だった。一九四二年ごろ、職場の先輩で啄木好きの人が出征するときに、形見にもらった改造社版の『石川啄木全集』（一九三二年）にこの歌があったのを覚えていたのだ。この全集には、二冊の歌集には含まれていない多くの歌が、「歌稿ノート」として収録されていた。しかし私は、「地図の上」の歌を、啄木がどんな時代に、どんな思いをこめて作ったのかは、まったく無知だった。「地図の上」の歌について私なりの理解をもつようになったのは、二〇年くらい経ってからである。

いずれにしても、この歌を知っているとしたら、『啄木全集』を見ていなければならないということだけは私にも見当がついた。「地図の上」の歌を知っていて、しかも、正確に、きれいな筆跡で書けるのは、朝鮮人の中でも間違いなく高度な知識をもった人に違いない、と私は強く思った。

一首目の歌には、感傷的な啄木がいた。

二種目の歌には、なんとなく知的で、「黒々と」といったところに、怒りを深く沈めているような気配の啄木がいた。

それは、二人の啄木のようだった。

一人で、どうしてこうも違った感じの歌を作ったのだろうか。その違いは、どうして生まれてきたのだろうか。

ベニヤ板の中で啄木の歌と出会ってから切羽に通ったそれからの日々、私は三号坑の下を通るたびに、「今日もまた胸に痛みあり」の歌を思った。「死ぬならば、ふるさとに行きて死なむと思ふ」と書いたその人は、やはり病気だったのだろう。敗戦まで生きのびて、無事に故国に帰っただろうか、それとも、最後の願望をベニヤ板に残しながら、あの三号坑のガスの充満の中で眠るような死を遂げたのだろうか、私には判断がつきかねた。私の願いはもちろん前者だった。

異国の荒涼とした物置小屋のような部屋の一隅に、胸を痛めながら望郷の思いを日本の啄木の歌に託して書き残したその人は、知識人の一人だったかもしれない。無事に帰ってほしかった。啄木の歌を愛したその一人の外国人に、私は、以前からの知人のような親しさを感じた。

――その日から、私は美流渡炭鉱を去る日まで、いつも雪の降り積もる窓際の下の、小さな小さな日本語で書かれた啄木の二首の歌を眺めながら暮らしたのだった。

〈著者について〉

碓田 のぼる　うすだ のぼる

1928年長野県に生まれる。

現在、新日本歌人協会全国幹事。民主主義文学会会員。日本文芸家協会会員。国際啄木学会会員。

［著書］『渡辺順三研究』（かもがわ出版、2007年）、『石川啄木——その社会主義への道』（かもがわ出版、2004年）、『占領軍検閲と戦後短歌——続評伝・渡辺順三』（かもがわ出版、2001年）、『石川啄木と「大逆事件」（新日本新書）』（新日本出版社、1990年）ほか。

［歌集］『夜明け前』（長谷川書房）、『列の中』（長谷川書房）、『花どき』（第10回多喜二・百合子賞受賞、長谷川書房）ほか。

現住所：〒 270-1153 千葉県我孫子市緑 2-3-3

団結《だんけつ》すれば勝《か》つ、と啄木《たくぼく》はいう
——石川啄木《いしかわたくぼく》の生涯《しょうがい》と思想《しそう》

二〇一八年四月一三日　初版第一刷

著者　碓田《うすだ》のぼる
装丁　桂川潤
装画　信濃八太郎
発行所　株式会社　影書房
〒170-0003　東京都豊島区駒込一―三―一五
電話　〇三（六九〇二）二六四五
FAX　〇三（六九〇二）二六四六
Eメール　kageshobo@ac.auone-net.jp
URL　http://www.kageshobo.com
〒振替　〇〇一七〇―四―八五〇七八
印刷／製本　スキルプリネット
付物印刷　アンディー

定価　2、200円＋税